imprint coordon

n'autor

Maria Orban (1978, Brașov) a absolvit Facultatea de Litere a Universității Transilvania din Brașov în anul 2000. A debutat în volumul colectiv de proză *Junii 03. Antologia tinerilor prozatori brașoveni*, îngrijită de Andrei Bodiu, Caius Dobrescu și Alexandru Mușina (Editura Interval, 2003). A publicat texte și în alte volume colective, cum ar fi *Ziua gândacului de bucătărie* (coord. de Mihai Ignat, Editura Universității Transilvania din Brașov, 2016) și *Retroversiuni. Antologie de proză scrisă de femei* (coord. Cristina Ispas, Editura Paralela 45, 2023). A semnat diferite articole și proze scurte în majoritatea revistelor culturale din România.
În 2021, a câștigat concursul de scenarii *Write a screenplay for (WSF).../ Scrie un scenariu pentru...*, organizat de Asociația Cinemascop, cu sprijinul HBO Europe, cu scenariul *Timp de expunere limitat*.
În 2023, a fost beneficiara unei rezidențe FILIT (Festivalul Internațional pentru Literatură și Traducere Iași) pentru scriitori români, proiect al Muzeului Național al Literaturii Române Iași.
Oameni mari este debutul său în proză în volum individual. Romanul a fost nominalizat în 2021 la Premiile „Sofia Nădejde" pentru literatură scrisă de femei, la categoria „Proză Debut", și a fost selecția pentru România pentru Festival du Premier Roman de Chambéry 2022.
Toată dragostea dintr-o fotografie arsă e cel de-al doilea roman al scriitoarei.

n'autor
ficțiune

Maria Orban

Toată dragostea dintr-o fotografie arsă

n'autor

Coperta: Adnan VASILE
Prepress copertă: Alexandru CSUKOR
Redactor: Eli BĂDICĂ
Tehnoredactor: Iuliana CONSTANTINESCU
Lector: Andreea IANCU

Descrierea CIP a Bibliotecii Naționale a României
ORBAN, MARIA
Toată dragostea dintr-o fotografie arsă / Maria Orban. - Bucureşti : n'autor, 2023
ISBN 978-606-43-1684-4

821.135.1

Maria Orban
TOATĂ DRAGOSTEA DINTR-O FOTOGRAFIE ARSĂ

n'autor este un imprint al Grupului editorial **NEMIRA**.
n'autor ficțiune este o colecție a imprintului **n'autor.**

Tiparul executat de Art Group Publishing S.R.L.

ISBN 978-606-43-1684-4

„Copiii voştri nu sunt copiii voştri.
Ei sunt fiii şi fiicele dorului Vieţii de ea însăşi îndrăgostită.
Ei vin prin voi, dar nu din voi,
Şi, deşi sunt cu voi, ei nu sunt ai voştri.
Puteţi să le daţi dragostea, nu însă şi gândurile voastre,
Fiindcă ei au gândurile lor.
Le puteţi găzdui trupul, dar nu şi sufletul,
Fiindcă sufletele lor locuiesc în casa zilei de mâine, pe care voi nu o puteţi vizita nici măcar în vis.
Puteţi năzui să fiţi ca ei, dar nu căutaţi să-i faceţi asemenea vouă,
Pentru că viaţa nu merge înapoi, nici zăboveşte în ziua de ieri."

KAHLIL GIBRAN, *Profetul*

„Nu vă speriați atât de devreme de copilul trist care sunt.
Am invadat cu bunăștiință sufletele voastre umbroase.
Cu bunăștiință m-am inventat din resturile voastre.
Din cele două singurătăți (iubire moarte iubire moarte)
mi-am făcut o armură
de care furtuna se izbește (roșie roșie)"

Mariana Marin, *Jocul*

Prima săptămână

„Nu te speria, nu te lăsa, ai răbdare cu tine, din orice lucru vei învăța ceva. Nu te speria..."[1]

Indiferent ce poveste le citește, la final liniștea se lasă câteva secunde ca o armură peste corpurile lor. Și îi par drăguți așa, mici luptători în căutarea explicațiilor, și îi sunt și mai dragi când replicile lor vin în rafale:

uneori mă sperii tare și plâng

și eu, când nu puteam să dorm singur, ziceam mama, mama, stai lângă mine, dar ea nu

noaptea vin fantomele,

și eu mă sperii, Leia, când țipă bunica în somn,

și eu

și ochii lor se lipesc de ea ca niște ventuze și scormonesc după răspunsuri.

Sperieturile sunt ca niște baloane de săpun, apar și dispar rapid, la fel și bucuriile, le-ar zice, dar ce să înțeleagă ei la șapte-opt ani, când nici ea încă nu pricepe? Mai bine le citește în continuare despre Erus, e club de lectură, totuși, nu atelier de mini-dezvoltare personală.

---

[1] Din *Erus și Valea Răbdării*, Alec Blenche, Editura Univers, 2020 (n.a.).

E o seară obișnuită de iarnă. Se simte chiar mulțumită de modul în care aliniază propozițiile, una după cealaltă, vocea ei e caldă între pereții vechi ai librăriei din centrul orașului, în care lucrează de câțiva ani.

Tăcerea lor de acum e semn că mesajul funcționează, aproape că și ei îi vine să creadă ce spune,

e bine, face ce trebuie,

e bine, face ce trebuie,

toată lumea o să fie bucuroasă, mai ales părinții copiilor, care așteaptă deja agitați la ușă. Aruncă doar un ochi spre ei, vorbesc despre ceva, dar nu despre frici, asta e sigur, frica e tabu. Frica trebuie domesticită, ca-n filmul cu dragonul, mai știți?, întrebă atunci când privirea îi revine din afară înăuntru, daaaa, zic și ei, unul bate din palme, Petra o îmbrățișează lung, lung, te iubesc, Leia, spune și fuge spre ieșire.

Nimic special azi. Nu a fost o zi dintr-aia ca un tunel prin care să fi trebuit să se strecoare târâș, cu mâini și picioare înghesuite, strâmbe de la efort, nici o zi în care teama să se cuibărească în cap, iar durerea să pulseze în ochi, în ceafă, în maxilarul care trosnește câteodată. Lumina se așază ca o pastă groasă peste cărțile de pe rafturi și ar fi cel mai frumos loc din lume librăria asta, dacă ar fi singură aici, dar nu e.

Mișa s-a îndrăgostit de tine, aude vocea șoptită, atât de aproape, încât îi creează repulsie.

Simte vorbele lipindu-se de ureche și de acolo prelingându-se ușor, spre gât. Face un pas în spate și tușește, să le zgâlțâie, să alunece, nu se uită la el când îi spune: e normal, copiii se atașează repede și la fel de repede le trece.

Tot timpul povestește despre tine, și eu mă gândesc la tine, să știi, hai să ieșim la o cafea, într-o zi, când vrei tu, vine replica și nici nu știe cum să îl mai refuze politicos.

Se-ntoarce către rafturi, e un Arriaga pe al treilea, *Retorno 201*, apoi se uită fix la fața bărbatului, iar ochii lui ușor bulbucați se micșorează când aude: nu, deși ea îi zâmbește.

De la politețea asta ți se trage, c-adună toți libidinoșii, ia bagă-ți pula odată și o să vezi cum nu te mai stresează nimeni, i-ar spune fiică-sa, dacă ar mai vorbi cum o făceau pe vremuri. Deși n-ar avea dreptate. El nu e așa, e un om singur și asta te poate face să pari agresiv, dar ce să priceapă ea la optișpe ani despre singurătate? Și muțenia ta e agresivă, ar putea să-i răspundă, mă privești, nu zici nimic și asta mă sperie, nu mai știu de unde să-ncep să te-pricep.

E foarte târziu, o să închidem în zece minute, adaugă și mută ostentativ ochii pe rucscacul pe care l-a ascuns după ușă, îl vede și el și pare să înțeleagă, toată îndrăzneala i se împrăștie și iese cu copilul de mână, două siluete, una mai mare, șubredă, și cealaltă mică, firavă și ea.

O să fie pe munte deseară, o să fie cu Tudor, își zice ca să alunge tristețea ce-i înconjura pe toți trei, în aure diferite, și care a rămas așa, atârnată în aerul încăperii, apăsând doar peste corpul ei. O să fie pe munte și o să fie cu Tudor, pentru că vrea să meargă unde merge el, să facă așa cum crede el.

Ești dependentă de bărbatul ăsta, cum te sună, cum alergi. Ca un câine fără stăpân. Mai întâi replica maică-sii a rănit-o, apoi s-a obișnuit cu ea, la patruzeci de ani nu mai vrea gesturi mărețe. Îi place tocmai pentru că e egoist și sigur pe el. Poate că a ajuns chiar genul de femeie pe care l-a urât în tinerețe, mereu în căutarea unui bărbat de care să se atașeze, așa cum pui un stick într-un laptop sau un…, sau tu, Elena, ești defectă, eu nu așa te-am crescut, nu știu ce se întâmplă cu tine!

Reproșurile se rostogolesc mai ușor în librăria goală, au mai multă forță, deși de ceva vreme se tot îndepărtează de corpul greoi și vechi al femeii care i-a dat viață și nu uită niciodată să-i reamintească.

Îi e întotdeauna prezentă maică-sa. În oftatul involuntar din fiecare dimineață, în sânii mari, care încep să se lase, obosiți, peste burtă, în pașii repeziți cu care se mișcă prin casă, în felul în care își masează tâmplele. În multe o poartă cu ea, e o a doua voce sau chiar prima, în unele cazuri, dar Leia nu cedează, nu, trage rucsacul, stinge lumina, încuie ușa mare, de fier și iese.

Fericirea e când are un spațiu doar al ei. Când corpul și mintea îi sunt împreună în același loc, strâns lipite, fără fisuri.

Fericirea e când se plimbă singură pe stradă.

Când poate să analizeze în voie case, blocuri, străzi, ziduri, ganguri cu pereți murdari, dar mai ales fețele oamenilor care nu se știu observați: femeia furioasă, privind undeva în gol atunci când șterge nasul fetiței care plânge lângă ea. Fata și băiatul care se sărută din mers, iar câinii lor, în stânga și-n dreapta, pășesc țanțoș.

Orice poate să devină fotografie, spunea taică-su. Stăteau în piața mare a orașului, așteptând să se întâmple ceva, tăceau și observau mișcarea din jur. El fuma o țigară și își pregătea aparatul ca să prindă cel mai frumos fulg de zăpadă. Ea își imagina călătorii în care să plece doar cu el sau chiar singură. Era o liniște-culcuș, imposibilă acasă, posibilă doar aici, printre zeci de străini. Alteori, mergeau pe câmp, și atunci descoperea cu uimire că un spațiu atât de mare, monoton și acoperit în alb poate fi cadrul perfect pentru căderea în picaj a corbilor, pentru salturile jucăușe ale unor câini sau pentru niște manechine de plastic apărute acolo de niciunde.

Realitatea e o serie de imagini pe care le poți pune tu în ce ordine vrei, îi spunea el. Realitatea e cum vreau eu, a înțeles ea.

Fericirea e într-un Fiat Panda roșu, când Tudor conduce rapid și discută despre traseul de mâine, despre cel de duminică, despre cel de luni. Se anunță căderi masive de zăpadă și își poate imagina foarte ușor munții albi, reci, și corpurile lor calde, strecurându-se printre stânci.

Fericirea e că vor avea trei zile doar pentru ei. Fericirea e să pleci și să te întorci când vrei, cu cine vrei; și gândurile îi sunt întrerupte de atingerea bruscă a bărbatului, răspunde, îți vibrează telefonul, și ea se dezmeticește greu, Ioana, doișpe apeluri nepreluate, citește clar. Când o fi sunat și de ce, se îngrijorează în timp ce așteaptă să o audă pe fiică-sa. Imediat, de partea cealaltă, vocea turuie: vino acasă, mamă, Nana s-a dus la spital!

Ce facem?, mormăie Tudor, nici nu sună a întrebare care vrea un răspuns, pentru că știe deja ce e de făcut, și ea la fel. Înjură încet, se întâmplă și așa uneori, ziua care părea că se termină pașnic devine brusc tunelul strâmt în care nu are aer și orice mișcare e aproape blocată. Ce dracu' a apucat-o să cheme Salvarea? Parcă nu îi repetase de mii de ori că dacă merge la spital e moarte sigură, mai bine acasă, nu sunt atâția microbi, te duci cu ceva și ieși cu cine știe ce infecție. Stai calmă, nu mor eu așa ușor, o să vezi, a râs ea, și acum noi ce facem?, se ceartă în capul ei cu bătrâna, n-ai pic de minte, mamă, i-ar mai spune, în schimb, se uită la Tudor și oftează. Lasă-mă la Spitalul Județean, te rog, bine că nu am apucat să ieșim din oraș.

Ar putea alcătui un catalog întreg cu replici și imagini care i-au stricat niște zile, luni sau chiar ani, nu s-a obișnuit, de fiecare dată e surprinsă că lucrurile se pot schimba atât de rapid și că nu are niciun control.

Ești însărcinată, îl păstrezi?, și buzele subțiri, colorate ciclam ale doctoriței.

Ieși de aici, îi faci rău, și privirea maică-sii când a văzut-o plângând lângă bebelușul roșu de la atâta urlat.

Să plecăm împreună, noi trei, să plecăm, și relaxarea din vocea lui Adi, planificând lucruri imposibile pentru ea.

Acum, spatele lui Tudor îndepărtându-se lent.

Lasă lucrurile să curgă, Leia, lasă-le să vină, Leia, nu ești tu Dumnezeu, îi zicea taică-su, dar nici nu voia asta, nici nu vreau, se enervează și citește cu voce șoptită: „Interzis aparținătorilor".

Unde ești mamă? Unde ești tu în clădirea asta urâtă, care mă ține la distanță, în afară, iar pe unii îi devorează înăuntru?

Vede ușa albă, dincolo de care presimte foșgăială și miros de clor, aude sirenele și zgomotul lor nu e aducător de speranță, cum s-a mințit când era mică. E sunetul fricii, e un fapt dovedit, dacă rămâne acolo, nu iese decât moartă, îi trece prin cap, dar cum să o scot, când nici nu am voie să intru?

Ce faci acum, prințesă Leia? ar întreba-o, taică-su, dacă ar mai trăi, așa îi spunea, prințesă Leia, și ei îi plăcea, așa cum îi plăceau codițele rotite ca niște melci în jurul urechilor, rochițele de vară, mâinile lui împletindu-i părul. Ce faci?

Trebuie să intru, îi zice portarului și pășește înăuntru, aș vrea să aflu informații despre o pacientă, a fost internată azi, este mama mea. Sună ciudat cuvântul ăsta blând, mama, așezat peste fața îmbătrânită și rigidă a femeii pe care o numește așa. Chiar ciudat, MA-MA, noroc că privirea goală îi taie orice gând: nume, prenume, vârstă, da, o să vă caute cineva când știm mai multe. Vă rog.

Aștept, îi spune Ioanei, încercând să se obișnuiască cu sunetele, cu râsetele asistentelor care mărșăluiesc pe holuri, în halatele lor strâmte și transparente, atâția pereți albi și totuși e întuneric.

Aștept, îi spune Ioanei și ea o ceartă, mai bine cere un număr de telefon și vino acasă, suni mai târziu, și ar face asta, dar n-are cu cine vorbi.

E cod roșu, apoi galben, iar roșu, toată lumea fuge de colo-colo, întrezărește câte ceva prin ușa care se închide-deschide, abia într-un târziu se hotărăște să iasă în curte, cineva o va găsi, dacă va fi nevoie.

„UNITATE DE PRIMIRE URGENȚE“ scrie cu litere luminoase și silabisește și ea în gând, de câteva ori, ca o incantație. Dar nimic nu alungă teama care i se furișează pe rând în corp: îi furnică degetele, îi hârâie-n gât, îi răsucește stomacul.

Mai spune-mi o dată ce s-a întâmplat, de ce a plecat la spital și de ce ai lăsat-o?, o roagă pe Ioana. Vocea ei e slabă și nu pricepe, doar ceva legat de piciorul umflat. Dar e așa de o lună, am fost la doctorul de familie, e o inflamație, se va retrage, așa a zis atunci. A zis, dar ea azi s-a supărat și a chemat Salvarea, ce voiai să fac? Te-am sunat de 'nșpe mii de ori, n-ai răspuns, a plecat și gata. În concluzie, vina era a ei. Nimeni nu zice asta, termină, se enervează fiică-sa, înainte să-i închidă telefonul, vino acasă, și-așa nu te bagă nimeni în seamă!

Nu e prima dată când simte că nu e văzută, că se evaporă în ochii celorlalți, se destramă, de parcă trupul ei s-ar teme să ocupe vreun loc clar. Nici Ioana nu o vede uneori și se ciocnește de ea prin casă, nici oamenii din librărie, de-asta tresar speriați când li se adresează politicos aș putea să vă ajut? Poate dacă ar striga, dacă și-ar agita mâinile și picioarele, ca un naufragiat, poate dacă ar urla, dacă.

O să treacă și asta, își spune brusc. E semi-întuneric în curtea mare și plină cu ambulanțe, voci și alarme i se amestecă în cap, ferestrele cu neoane albastre o sperie, dincolo de ele e așteptare și moarte, dar ea va veghea de aici.

Ce nu poți tu să-i ierți mamei tale?, a întrebat-o odată Adi, după ce plecase deja din țară și nu mai ținea minte din el decât o oarecare blândețe, fără să o mai asocieze cu trăsături concrete. De parcă nu omul ăla ar fi fost centrul universului ei, tatăl copilului ei, soțul ei odată, demult. S-a blocat, ăăă, nu știu, nu cred că... Deși acum ar putea face o listă cu ce-ar avea de reproșat, poate iertat, în ordine alfabetică:

Autoritatea,

Aroganța,

Bănuielile,

Criticile,

Disprețul,

Egoismul.

Dar nu-i momentul, își spune și caută cu privirea ceva de care să se agațe; nu vede decât clădirea-malaxor, mama e acolo, iar eu trebuie să am grijă de ea.

„...de jur-împrejur o liniște destul de largă respiră cu propria ei gură“[1] sunt cuvintele scrise pe un zid, în curte, le citește și se bucură. Cineva a stat și a așteptat, așa cum face și ea, apoi a scris versul ăsta sau ce o fi el.

Fiecare se descurcă cum poate. Și ea visează cu ochii deschiși. Multă vreme, după ce a murit taică-su, și l-a închipuit lângă ea, discutând amândoi, e un mecanism de apărare, i-a explicat o doctoriță maică-sii.

Visa așa de când era mică. Stătea în camera ei și își imagina chestii. Cel mai des era o fetiță cu părul prins în două codițe împletite, cu dinți curați și albi, prima la desen, prima la matematică, prima la orice. Profesorii o lăudau în fața clasei și mama ei o îmbrățișa și spunea, da, ea e fiica mea, Elena.

Sau era acasă și mama îi citea o poveste, o mângâia ușor, se juca cu părul ei, îi învelea picioarele și mijlocul cu grijă. Sau mergeau în parc și o dădea în leagăn. Sau făceau împreună teatru de păpuși.

Nu spui nimic, ei nu trebuie să știe, îi zicea răspicat în fiecare dimineață, înainte de a pleca la grădiniță, și ea plângea și mai tare. Elena, copiii ar crede că te favorizez, dacă ar ști că ești fiica mea. Nici măcar nu înțelegea ce e aia favorizez, dar până la urmă reușeau să iasă pe ușă, nervoase și triste.

---

[1] Din *Fetiș, o carte românească a plăcerii*, Răzvan Țupa, Editura Vinea, 2003 (n.a.).

Și când plângea, altă educatoare venea lângă ea, și când nu putea să adoarmă după-amiaza, altă educatoare stătea lângă patul ei, și când termina prima activitățile, altcineva o lăuda. Mama ei era ocupată mereu cu ceilalți copii. Mama ei, pe burta căreia dormea noapte de noapte, o burtă mare și pufoasă ca un pluș, nu era mamă acolo. Și apoi, într-o zi, un băiat a râs, ce grăsană e educatoarea noastră, grăsana, grăsana, zicea și toți chicoteau, până s-a dus la el și l-a lovit direct peste gură cu o bucată mare de lego.

Să-ți fie rușine, Elena, la colț să stai toată ziua! Doamna mamă-educatoare nu a băgat-o în seamă nici măcar seara, când au ajuns acasă și nu mai trebuia nimeni să se prefacă. De ce ești așa rea? i-a venit să o întrebe, dar a tăcut, pentru că maică-sa n-avea vreme de răspunsuri. Așa că și-a inventat imagini bune și și-a construit povești.

A făcut la fel când s-a îndrăgostit de un coleg de clasă. Era mai simplu în viața visată decât în cea reală. Îi ajungea un gest de la care să pornească un film întreg. Îl rula în cap și asta o făcea fericită.

Sunt praf, i-a zis maică-sii la un moment dat. Era deja la liceu când și-a dat seama că nu poate să mai iasă din realitatea ei secretă. Îi plăcea un coleg și se bloca, se bâlbâia, se înroșea, orice gest și orice cuvânt se complicau într-un amestec haotic când era în preajma lui.

Sunt praf, i-a zis iar, plângând. Erau la masă și mama a început să plângă și ea. Atunci a urât-o prima dată. Dar abia de curând înțelege lacrimile alea, neputința, când se uită la Ioana. Ioana și tăcerea ei, uneori disprețul. Unde se ascunde fetița de mai demult?

O să fie bine, trebuie să fie bine, își zice, ești bine? și o mână se așază pe umărul ei, ca o mângâiere.

Poate tocmai de-asta are și ea nevoie, de atingerea cuiva care îi e drag. Dar Tudor nu e aici, Ioana nu e aici, e doar tipul cel tânăr, de la etajul nouă, care s-a mutat anul trecut în blocul lor și care salută politicos, de parcă o cunoaște și i-ar putea fi prieten.

Suntem vecini, adaugă și ea dă din cap, Răzvan, spune și întinde mâna ferm. Elena, răspunde și ea moale, nu-i place cum sună propriul nume, numai maică-sa îi spune așa. În rest, Leia, Leia, și se pomenește explicându-i, deși nu și-a propus asta, dar cuvintele se leagă fără efort. Fiecare povestește despre bolnavul lui, fără presiune și fără frică, cu străinii îi e mai ușor.

Și totuși, cum poate să fie bine când viața mamei a devenit viața ei, când viața ei e gazdă pentru viața mamei?, se întreabă în timp ce vorbesc despre Alzheimer și cancer.

Și-ntâi simte o furie mocnită, pe care o sufocă rapid. Nu-și permite să gândească așa, nu se cade, „cinstește pe tatăl tău și pe mama ta, pentru ca să ți se lungească zilele", a tot auzit de la maică-sa, de parcă s-a temut că nu va face asta, de parcă nu s-a convins că nu a plecat de lângă ea, că e acolo, că face ce e nevoie.

Și eu am avut grijă de tine când erai mică, i-a mai spus, și furia, și vina, și frica, toate ghem, ar vrea să iasă, dar deocamdată rod din stomac, rod din inimă, rod. Nu se vede nimic, pe dinafară lucrurile sunt aproape normale.

Doamna Oprea?, dar ea nu e atentă, se sprijină de umărul bărbatului abia cunoscut, e trecut de 23:00. La ora aia ar fi trebuit să fie pe munte. Probabil Tudor doarme deja în sacul de dormit, ar fi putut să îl asculte respirând, sforăind, numai în anticamera asta a morții să nu fi fost.

Doamna Oprea?

Și Răzvan o atinge ușor, da, eu sunt, se ridică rapid. Mama dumneavoastră este mai bine, are un cheag de sânge pornit, dacă ajungea la inimă, o găseați moartă. De ce nu ați adus-o mai repede?

De ce nu ați adus-o mai repede?

De ce nu ați adus-o mai repede?

De ce să o fi adus mai repede, când i s-a zis că e doar o inflamație?, nu pricepe, dar nici nu pune întrebări, de parcă are buzele prinse cu lipici. E blocată în fața femeii în alb care a așteptat un răspuns și care, obosită, se retrage în spatele ușilor. Mâine o puteți vedea, dacă vreți.

Te duc acasă? Tata e bine, aș pleca și eu, și nerăbdarea lui Răzvan o buimăcește și mai mult.

O puteți vedea, dacă vreți. Cum adică dacă vreți?

E o noapte foarte senină, cu multe stele, luna mare și galbenă se lăfăie pe cer, dar ea n-ar putea să doarmă, n-are niciun rost să se mai grăbească.

Mi-e bine, mulțumesc, o să merg o vreme așa, aiurea, i-ar spune, și mi-ar plăcea să vii cu mine, că mi-e foarte urât singură. Mi-e bine, mulțumesc, răspunde în schimb, el nu insistă, se urcă în mașină și pleacă.

În curând, va pleca și ea. Deocamdată, zăpada scârțâie sub bocancii cu care trasează cercuri. În jurul băncii din curtea spitalului, în jurul spitalului, în jurul cartierului, cercuri magice, protectoare, cercuri care vor ține departe spaimele mari și mici.

„Uneori viața e roz ca pantera/ Alteori neagră ca Baghera“[1] spune Ivan și dă din cap pe ritmul melodiei, cât Ioana îi face un sendviș, iar ea îi privește în liniște o vreme. „Mai bagă verde, ascultă reggae!“

---

[1] Din *Doru'*, piesa trupei Specii (n.a.).

Fiică-sa o ignoră, ea stă în ușă; nu e chiar ce își dorește să asculte într-o sâmbătă dimineața, dar îi place ritmul din spatele cuvintelor, chiar dacă geamătul fetei de pe fundalul piesei o face să se înroșească.

Cel mai mult o deranjează prezența lui Ivan, care de toamna trecută e mereu pe lângă fiică-sa. O ține de mână sau în brațe, o atinge, de parcă i-ar fi punct de sprijin, de parcă nu poate să stea drept fără ea, și i se pare ciudat să o vadă ancoră pentru altcineva.

Și ce-i cu nevoia asta de a fi întotdeauna cu el?, ar întreba-o, însă nu o prinde decât foarte rar singură, și atunci fata se închide în camera ei și nu zice nimic. Ei nu i s-a întâmplat niciodată să uite de ceilalți doar pentru că era într-o relație, mintea e pe primul loc și asta e tot ce ai, i-ar spune și Ioanei, măcar asta să-i rămână în cap, dacă altceva nu a știut să o învețe.

Ar trebui să te ocupi de fotografiile alea pentru portofoliu, nu se fac singure – până la urmă, îi spune ceva. Nu ce și-ar fi dorit, dar e și ăsta un pas, suntem în ianuarie deja, dacă vrei să aplici pentru bursă, trebuie să... Privirea neutră a fiică-sii îi confirmă că nu e un moment bun, dar nu se poate abține și continuă: trebuie să trimiți repede, să căutăm și cazare sau poate primești cămin, și...

Ți-am zis că nu merg la nicio facultate, iar la una de artă nici atât, mă confunzi, și ea simte că nu mai percepe sunetele cum trebuie, doar un șuierat și imaginea din față se luminează puternic. Trebuie să mă așez, și se așază, caută sprijin în ochii lui Ivan, hai, spune-i că are nevoie de studii, ești un nimeni fără o diplomă, sunt cel mai bun exemplu, dar nici băiatul nu pare convins că iubita lui alege greșit.

Sunt amândoi grăbiți, își sincronizează instinctiv mișcările, se vede frumos, așa e când ești îndrăgostit, așa a fost și cu ea și Adi, demult, înainte să rămână însărcinată, așa a fost și cu ea și Tudor, la început, câteva săptămâni, acum se ciocnesc mereu.

Mă iei la 16:00, OK? Și intru eu la Nana să duc mâncarea, dar degeaba aprobă, ei au ieșit deja pe ușă. Pare că nimeni nu are vreme de pierdut. Nici ea, de altfel, că aleargă toată ziua, iar seara adoarme imaginându-și că maică-sa va ieși din spital, Ioana va pleca la facultate, ea își va vedea de viața ei. Oricare va fi ea.

„tu ești
bolnav
și eu
nu pot
să fac
nimic-nimic
decât așa
mai bine
ai muri tata."[1]

De câteva zile, se gândește la versurile astea, dar se încurajează, ele nu au ajuns încă așa departe, mama ei se va face bine, creierul ei încă funcționează, va fi bine, își spune.

Mama a început să uite, i-a spus Ioanei, mai demult, dar ea a râs. Are o memorie mai bună decât mine, crezi?, sigur, a răspuns, dar siguranța ei nu i-a adus de fapt nicio alinare, pentru că știe că nu e așa. Știe ce a văzut, deruta, confuzia, stânjeneala că nu a reușit să gătească ceea ce i-a cerut. Ce-i asta?, a întrebat-o privind uimită la farfuria din fața ei, câteva legume fierte și o lingură de orez separat,

---

[1] Din *Oedip, regele mamei lui Freud*, Alexandru Vakulovski, Editura Aula, 2002 (n.a.).

am vrut pilaf, iar ea a ridicat din umeri. A crezut că glumește, după care i-a văzut lacrimile și i s-a făcut atât de milă, ar fi preferat-o urlând sau repezind-o, așa cum a făcut mereu, cu o mamă fragilă nu știe cum să se descurce, stângăcia ei o lasă fără puteri.

Alteori, i-e ciudă că li se întâmplă asta și urmărește mici semne care arată căderea. Sau se înfurie, ca acum vreo două săptămîni, când a repezit-o, mi-ai spus de cinci ori deja, am înțeles că a plecat Pisica naibii, o să se-ntoarcă dacă e, dacă nu, nu. Și a ieșit și a trântit ușa.

Sau cum a fost ultima dată când s-au întâlnit, la petrecerea de șaptezeci de ani, când a ținut să-i adune pe toți la masă. Adică pe ea și pe Ioana, pe Tudor și pe Ivan. Tudor nu a putut, era la un concurs de alergare, Ivan, da, și chiar a fost bine, pentru că glumele lui au mai relaxat atmosfera. Era agitată, își cerea scuze că mâncarea nu e bună, că tortul e cumpărat, pentru că nu mai avea putere să facă. Am îmbătrânit, mamă, o să vedeți și voi, apoi a devenit neliniștită că nu are de băut decât suc, nu pricepea dacă le-a pus sau nu prăjitură la pachet, deși o asigurase că da.

Ivan și Ioana făceau un puzzle, televizorul era pe un canal de sport, nu-i locul tău aici, Leia, dar trebuie să reziști, s-a încurajat, încercând să se concentreze pe declarația lui Gheorghe Hagi, ei îi plăcea de Lăcătuș când era mică, dar ce importanță mai avea?

Maică-sa se plimba dintr-o cameră în alta, o mângâia uneori pe Ioana pe cap, dispărea în bucătărie, de unde se întorcea și își cerea scuze iar: nu mai pot, mamă, să le fac pe toate!

În curând nu va mai fi în stare să stea singură, și-a dat seama atunci și s-a speriat, a închis televizorul și s-a dus să caute o sticlă de vin. Știa de una de anul trecut, era în cămară, a găsit-o repede și a băut rapid primul pahar, numai să n-o mai audă. Câteva minute a fost bine, Tudor i-a scris că a câștigat, și-a mai pus niște vin, a aprins o țigară și lucrurile păreau să se aranjeze.

Dar i-a auzit vocea aia plângăcioasă, pe care o folosea des în ultima vreme, rugând-o pe Ioana să nu plece la facultate în altă țară. Sau în alt oraș. Să rămână acolo. Maică-ta, știi cum e ea, a mai adăugat. A făcut o pauză insuportabil de lungă.

Cu țigara în mână, a stat câteva secunde, enumerând argumente:

e o zi specială,

e bătrână și bolnavă,

nu merită să fac o criză tocmai acum,

dar nimic n-a funcționat.

Toată viața nu ți-a păsat decât de tine, s-a repezit la ea. Ești o egoistă bătrână, care se agață de cine prinde, sugi energia din noi, a continuat și fața uscată a femeii s-a făcut roșie, apoi i-au dat lacrimile, dar nici asta n-a impresionat-o.

Degeaba i-a făcut Ioana semn să tacă, reproșurile ei s-au învolburat peste maică-sa, care părea să se chircească, sub presiunea lor era mică, corpul ei și-așa slăbit se strângea tot mai mult.

Măcar de s-ar fi eliberat strigând chestiile alea, ca pe urmă să o poată iubi cum se iubește o mamă. Și chiar așa, oare cum trebuie iubită o mamă?, se întreabă în timp ce dă târcoale spitalului, neîndrăznind să intre. N-a avut nicio revelație după scandal, a sunat-o mai târziu să îi ceară iertare, ești bine?, a zis pe un ton blând. Mă dor picioarele, dar sunt bine, mulțumesc lui Dumnezeu!

Frica o face să fie agresivă, știe asta, știe și Ioana, dar ei nu-i pasă, ea s-a învățat să o ignore pur și simplu, se închide în camera ei, ține căștile pe urechi, mănâncă și doarme cu ele așa, ar putea să strige după ajutor și n-ar auzi.

Nici lui Tudor nu-i pasă, doar maică-sii, poate de când glasul ei autoritar e moale, privirea ei ironică, apoasă. De când se încolăcește ca o liană de viața ei. Ce poți să faci, prințesă Leia, cu o mamă aproape copil? Și imaginea asta o năucește în fiecare zi.

Azi vin cărțile, are și clubul de lectură, trebuie să cumpere medicamente, mâine se întoarce Tudor, viața ei e aici, afară, nu în spital, e mai sigur să aibă lucruri de făcut.

Și nici nu mai contează că, de câteva zile, nori grei și cenușii umbresc orașul și ninge cu fulgi mărunți și deși. O tristețe mare pândește de undeva, ca o pasăre de pradă deasupra unui hoit.

Există numai ea, maică-sa și Ioana, dacă una dintre ele moare, moare tot, pentru că ele trei sprijină lumea. Se plimbă fără nicio direcție pe stradă, amânând întoarcerea acasă, deși e deja întuneric, dar doar așa, în permanentă mișcare, are senzația că situația se poate rezolva cumva.

Ai văzut-o?, era bine? Râdea, răspunde Ioana și nu poate nicicum să-și imagineze asta, nici nu mai știe de când nu a mai văzut-o pe maică-sa râzând. Zâmbind, da, asta făcea des, dar hohote cu gura până la urechi poate doar în pozele în care era mult mai tânără, înainte de ea și de taică-su. De ce v-ați încăpățânat să rămâneți împreună?, ar vrea să știe uneori. Sau cum erai tu când erai mică?, sau de cine te-ai îndrăgostit prima-prima dată?

Primul băiat care i-a plăcut ei se numea Fredi. Îl urmărea prin curtea grădiniței, ascunsă după tobogan; primul băiat care i-a plăcut Ioanei, Victor, i-a adus un mărțișor pe care îl mai are și acum, un trifoi cu patru foi zgâriate; numai despre maică-sa n-are habar de nimic, poate că cel mai bine ar fi fost să stea câteodată lângă ea și să tacă, dar spaimele și furia cresc mai repede când e liniște.

Ai putea să mergi și tu, a întrebat de tine, o aude pe fiică-sa, ar putea, într-adevăr, o să merg și eu, îi răspunde și se așază lângă ea, pe terasa improvizată de pe acoperișul blocului. Zăpada proaspăt căzută nu păstrează decât urmele lor, în rest, totul e atât de alb, încât privirea preia la un moment dat lumina și, când se uită în zare, lumea e ca o fotografie arsă.

Pari obosită, fata dă din cap că nu. Ar vrea să-i atingă obrajii și părul, dar știe că s-ar feri, așa că nu îndrăznește să facă niciun gest, doar o privește cu coada ochiului, ea oftează, se ridică și pleacă pur și simplu.

Te iubesc pe tine cel mai mult, mama, îi spunea Ioana când dormeau împreună, își punea mâinile pe fața ei și o mângâia. Trebuia să se bucure, dar de unde era să știe că toate astea vor dispărea, la ea nu trecuse ușor iubirea pentru maică-sa:

Du-te de lângă mine, Elena, știi că nu-mi plac chestiile astea,

lasă-mă, Elena, ce te alinți așa,

odată s-a smucit atât de tare din îmbrățișarea ei, că s-a trezit izbită de perete, vezi ce faci?, a zis în timp ce i-a întins mâna și ea s-a bucurat și iar a strâns-o tare, tare.

Abia de când îmbătrânise voia să fie mângâiată, de când gura îi mirosea a uscat, de când corpul cu pielea atârnată, moale, cerată îi dădea frisoane.

Și tu vei fi așa, își spunea, obișnuiește-te, apoi mergea la oglindă și se examina, ochii ei nu erau apoși și tulburi, gura ei avea gingii roz și curate.

Deci e bine, și parcă simte un fel de dezamăgire, care se transformă-n vină, se pregătește pentru moartea maică-sii de câțiva ani încoace, dar de data asta n-a fost decât spaima din mintea ei. În curând se va întoarce de la spital și va dirija din nou lucrurile. Să nu vii tu măcar o dată să mă vezi, o să-i spună probabil. Își vor relua rolurile, iar măruntele ei scăpări o vor lovi exact când situația li se va părea sub control.

E noapte, e pe terasă, fulgii dolofani acoperă rapid suprafețele întinse în fața ei. Uneori și-ar dori să sară și, cine știe, poate că pământul s-ar arcui atunci când l-ar atinge și ar trimite-o în zbor iar și iar, așa cum le-a citit copiilor dintr-o poveste.

Când l-a văzut pe Ivan în librărie, s-a speriat. S-a gândit că s-a întâmplat ceva cu Ioana, dar părea relaxat, răsfoia niște cărți, așa că l-a lăsat în pace și și-a văzut de ale ei. Cineva a venit să o întrebe de Vargas Llosa și a trebuit să îi arate raftul, altcineva a vrut Coelho, altul, Gabor Maté și tot așa. Din când în când, se uita spre el. Îi plăcea că bărbatul ăsta tânăr, înalt, cu păr rasta, haine largi, colorate, e acolo și o cunoaște pe ea, o așteaptă pe ea. Iar acum o privește pe ea, sunt afară și fumează în curtea din spate.

E exact genul de tip care i-ar fi atras atenția cu douăzeci și ceva de ani în urmă, dar care n-ar fi băgat-o niciodată în seamă. Ce mai faci?, o întreabă, privind-o drept în ochi, și ea se intimidează, așa că tace și ridică din umeri.

Am venit să vorbim despre Ioana, de fapt, despre noi. Noi? Da, eu și Ioana. Apoi aude despre cum el îi vrea binele, iar binele Ioanei n-are treabă cu facultatea, ci cu a fi liber, un discurs întreg, din care deduce că cea care greșește e ea, pentru că vrea să controleze tot. Și că o va pierde.

O va pierde. A pierdut-o deja, știe, nu e nevoie să vină el să-i spună. Și e vina lui, de când e cu el, Ioana nu o mai vede pe ea. Sau poate că e și ceva ce ține de generații. Ce poți să-nțelegi din tatăl tău sau din mama ta, și la ce bun?

De ce crezi tu că știi mai bine?, pentru că o iubesc, vine răspunsul, și nu mi-e teamă s-o las să plece, dacă vrea.

Fix clișeul ăsta nu i-a trecut prin cap, dar e și ceva interesant în toată întâlnirea asta, felul în care el povestește despre Ioana, despre ei, cum ar fi fost să lupte și pentru binele tău cineva, Leia, cândva, să o înfrunte pe maică-ta, să...

Apoi intră în detalii despre muzica pe care o face în studio, beat-uri și versuri, despre cum a folosit și vocea fetei ei pe o piesă. Vorbește despre muzică așa cum vorbește ea despre poezie, ce norocoasă e fiică-mea, se gândește și i se face rușine. Știu că ți-e greu, spune el și mâna pe care i-o așază pe umăr o frige și se retrage speriată. Nimeni nu-nțelege nimic, ea știe cel mai bine treaba asta, trebuie să plec, zice, se ridică repede și se pierde printre cărți.

„Ești o fată la mare la oostende, între dune, trăgând dungi pe nisip. Te îndrepți spre oraș, inima ta e înecată de încredere, aerul curge. Alunecă în întunericul cald, în câteva ore îți revii, niciodată nu îți revii“[1], citește lent, cu voce tare, exact unde a deschis cartea. S-ar așeza pe jos, în librărie, și ar continua, ar sta acolo o vreme, și ea, și Borges, și mulți alții și-au imaginat la un moment dat că raiul e o încăpere plină cu cărți.

---

[1] Din *Alwarda*, Ruxandra Novac, Editura Pandora M, 2020 (n.a.).

Trebuie să facă ordine pe rafturi, să trimită mailuri, să ajungă la apartament să ia niște haine pentru maică-sa, cum ești?, aude vocea din spate și se-ntoarce , îmi pare rău că nu am ajuns mai devreme. Tudor e aici, în fața ei, zâmbind. Nu răspunde, vrea doar să-l îmbrățișeze, din grabă îl calcă pe vârfuri, el se retrage, brațele ei rămân puțin în aer, cât să simtă lipsa, după care revin cuminți lângă corp.

Te ajut? Și nici nu așteaptă răspuns, aduce pachetele, ține scara, deschide altă cutie, iar apoi, brusc: de ce nu te duci la spital să o vezi?

Și chestia asta i se pare atât de nepotrivită, că nu-și poate ascunde uimirea. Ce știi tu despre mine și mama? Ce știi tu despre mine? Nu i-a spus niciodată despre cum a murit tatăl ei, la câteva minute după ce ea a ieșit din salon, de parcă ar fi așteptat s-o mai vadă o dată. Despre senzația asta, care i s-a încolăcit în creier ca un șarpe, că e un mesager al morții. Despre cum moartea a rămas de atunci cu ea și o poartă peste tot, chiar dacă e vie.

Se întoarce la raftul ei, închide ochii și o vede pe fata din Oostende mergând pe plajă, fata aia ar putea fi ea, bate vântul, e pustiu și frig, dar îi convine așa, ai văzut vreodată Marea Nordului?, îl întreabă.

Sunt de fapt mici rupturi. Fisuri în dezordinea zilei. Se-ntâmplă acum, în mașina lui Tudor, poate datorită scaunului maro, confortabil, de piele, poate datorită muzicii de la radio. Nimic pretențios, un cântec vechi, *estateeee italianaaaaa* și vocea răgușită, amintirea unui campionat de fotbal și a ultimei veri în care au fost o familie de trei. Nici ea nu știe de ce, dar e bine, în ciuda tuturor lucrurilor care o sperie. Jumătatea de jos a orașului, așa cum se întrezărește prin parbrizul murdar, o liniștește.

Și sunt și dimineți când înaintează greu spre spital. Zăpada murdară și nisipoasă îi îneacă pașii, nu există niciun drum clar, nicio direcție. E doar șuieratul vântului pe fundal, ezită, trece mai departe de poartă, de clădire, mai departe de blocul cu zece etaje, unde stătea primul ei iubit, care de câțiva ani trăiește în Suedia. Și merge și mai departe, spre ieșirea din oraș. Firicele de apă suspendate în aer îi încurcă vederea, dar ea știe că undeva, la margine, e o pădure de mesteceni și că siluetele lor albe se înalță ca o barieră între lumea cu și fără oameni. Merge drept înainte, mâncarea și hainele pe care ar fi trebuit să le lase la poarta spitalului atârnă ca niște bolovani în rucsac. O să le lase când se-ntoarce, o să intre când va fi pregătită, deși știe că niciodată nu o să fie pregătită.

Hai, stai puțin, i-a zis într-o zi, înainte de internare, și a tras un scaun, să mai vorbim și noi. Chipul ei și cuvintele, mereu adunate în enunțuri categorice, erau lipsite de putere. Nu se putea obișnui cu noua mamă. S-a așezat, după care și-a dat seama că i-a promis unei prietene că o să meargă la film cu ea și a răsuflat ușurată că are o scuză. În preajma stângăciilor ei, nu știa cum să se poarte, vin altădată, i-a zis și i-a atins mâna în semn de promisiune, dar a retras-o imediat. I-a simțit oasele sub pielea subțiată și vânătă, când te-ai lovit iar?, a întrebat-o răstit. Nu știu, dar nu mă doare, a răspuns liniștită.

Fumezi cu noi?, aude vocea lui Ivan când ajunge acasă, am pregătit o țigară, e slabă.

Nu e în stare să le țină morală, de fapt, chiar se bucură că fiică-sa nu pare deranjată de prezența ei. Avusese deja o discuție cu maică-sa la telefon și îi suportase toate reproșurile, ea nu vrea să fie așa, ea e o mamă care înțelege. E bine că fumează aici și nu cine știe pe unde și ce, că nu iau pastile sau că nu-și injectează tâmpenii, cum fac prieteni de-ai lor.

Un fum doar, dar un fum s-a transformat în trei și capul i se încălzește încet, corpul e cuprins de moleșeală, se întinde pe taburet, râde și e recunoscătoare că e cu ei, că o acceptă și pe ea.

M-am mai gândit. Când iese din spital, o să o duc la apartament și găsesc pe cineva să stea acolo, zice rapid, iar când fiică-sa face ochii mari, continuă: ce sens are să distrugi încă doi oameni doar pentru unul, care e aproape distrus?

Poate că a sunat prea cinic, și ei i se pare că sinceritatea asta nu era necesară. Maică-sa nu e chiar praf, deși ea presimte că da, sau, dacă nu, va fi, dar cui să-i explice?, Ioana iese trântind ușa, sunt doar ei doi acum. De la întâlnirea din librărie i se pare că Ivan o înțelege. Îi povestește ceva, iar ei îi e sete și setea îi anulează concentrarea. Râde și nici nu știe de ce.

Nu înțelege supărarea Ioanei, e o nedumerire amestecată cu gelozie, până acum a tot împărțit-o cu Ivan, se pare că și cu maică-sa, de când îi pasă așa mult de Nana și de ea nu? Și când vrea să-i spună ceva, îi lasă mesaje vocale pe Whatsapp, ce dialog e ăsta?, continuă haotic în gând.

E foarte târziu. Lumina galbenă a becului le intensifică oboseala, afară e beznă, nu poate să descifreze decât chipul ei, care se reflectă neclar în fereastră atunci când spune Ivaaan și-l privește lung. Pe urmă, cu voce șoptită, aproape de el: mi-am dat seama azi cum mi-ar plăcea să mor. Rapid, așa cum dispar personajele din ultimul *Avengers*. Să mă transform în cenușă, să nu mai rămână nimic.

Îmi pare rău că nu am fost acasă, a trebuit să plec până la fina, să iau apa sfințită, nu vă supărați pe mine. Și vocea mamei, răgușită și întreruptă de gâfâieli scurte, de parcă aerul nu ar fi fost suficient și nu ar fi ajuns unde trebuie, o sperie atât de tare, că nu poate să scoată niciun cuvânt.

Inițial, nu a priceput cine e femeia de la telefon, deși scria clar mama pe ecran. S-a mai uitat o dată, iar acum, că știe, e îngrozită. Vocea asta străină sună ciudat, vorbește incoerent, ce apă sfințită, când ea e la spital, ce o fi în mintea ei? Ce goluri apar și șterg orice reper de spațiu și timp?

Și mai sunt și oamenii ăștia care mișună prin librărie. Vor ceva, caută ceva: aveți?, unde e?, unde găsesc?, m-ajutati, vă rog, și i-ar ajuta, dacă nu i-ar veni să urle și să-i dea afară. Îi face semn Irinei să se ocupe de ei și iese, ia telefonul de la ureche, trage aer în piept și rămâne așa câteva secunde.

Mama, sunt aici, spune. Nu te stresa, nu s-a supărat nimeni, mâine te iau acasă, e de acord doctorița. Ești bine, te iau acasă, da? și aproape simte relaxarea de dincolo, poate chiar și zâmbetul. Elena?, vine și întrebarea, de parcă abia ar fi ieșit dintr-un soi de transă. Elena sunt, da, stai liniștită. Și e ca și cum, pentru câteva secunde, nu ar exista decât ele două, o mamă și-o fiică, suspendate, departe de pământ. Cum să ajungă la ea? Sunt aici, mama, repetă, dar din partea cealaltă nu se mai aude vreun sunet.

E multă lume în Piața Sfatului: un clovn cu baloane vorbește la telefon și se plimbă nervos, câțiva băieți dansează, deși gheața face ca mișcările lor să pară caraghioase. Muzica bubuie și acoperă zumzetul oamenilor. Acoperă și spaima care-i înecase mintea. Se așază pe o bordură, trage din nou aer în piept, realitatea e ca o cizmă de drenaj limfatic. Întâi se umflă tare, tot mai tare și strânge, apoi se lasă ușor și învăluie corpul.

Bătrânii se dezorientează repede, mai ales într-un mediu străin, o asigură doctorul de familie. Ia multe medicamente, dar, când o să o aduceți acasă, va fi în regulă, trebuie doar să aveți răbdare. Ea știe că nu.

În urmă cu câteva luni, maică-sa nici nu și-a dat seama că e ziua ei. Prima dată a crezut că a uitat, a mai așteptat puțin, s-a enervat, i-a zis, hai, zi-mi la mulți ani de ziua mea, dar a văzut-o speriată și panica a cuprins-o și pe ea. Cu greu a reușit să o convingă. I-a arătat în calendar: zece noiembrie. Zece noiembrie, da, ai dreptate, iartă-mă, te rog, și tocmai scuzele astea au întristat-o și mai tare, deși pe ea a asigurat-o că e normal, ești doar obosită.

Știe că în altă zi a găsit-o vecina de la parter stând singură în fața blocului, confuză. Știe că vecina a dus-o până la ușă, știe că a ezitat să intre în casă, de parcă era un loc străin, de parcă patruzeci de ani de când stă acolo au fost șterși subit.

Știe de vizita la neurolog, de acum o jumătate de an.

O să vă spun cinci cuvinte, le repetați, peste câteva minute mi le mai spuneți o dată. Vocea doctorului era neutră, zeci de pacienți trec pe la cabinetul lui și toți au probleme cu memoria, nu-l mai impresionează nimic, nu se vede nicio emoție pe chipul lui, s-a gândit. Maică-sa, în schimb, părea speriată.

Cal, zăpadă, stafide, roșu, alcool.

Cal, zăpadă, stafide, roșu… alcool.

Desenați, vă rog, un ceas și arătați unde e ora 09:15.

Desenați un dreptunghi și un triunghi.

Isoscel?

De unde i-o fi venit faza asta cu isoscel? Aproape că a pufnit-o râsul. Cum doriți, să vedem, vă mai aduceți aminte cuvintele? Și fața mamei s-a înroși, Elena? Haideți, încercați singură! Elena?, i-a auzit din nou glasul, și nici nu știa cum să facă, ce-i cu frica asta, zăpadă, a zis ezitând, alcool, apoi i-au dat lacrimile. Cal?

Mama ei, ca un vas spart în bucăți, în câte dintre ele se ascund amintirile ei și ce se poate recupera? Și altă frică, mai mare: și mintea ei va fi la un moment dat așa?, cine o să stea să refacă întregul?

M-a sunat mama și bătea câmpii, i-ar spune fiică-sii, dacă nu i-ar respinge apelul, deci chiar se ține de cuvânt, de când a completat actele alea în numele ei și le-a trimis la Universitatea din Berlin, i-a spus că nu mai are ce vorbi cu ea. Doar că e și mai înfricoșătoare tăcerea asta când maică-sa turuie tâmpenii, s-au sincronizat, ar râde, dacă nu ar fi prinsă chiar ea în mijlocul nebuniei.

Mama dumneavoastră este mai bine, cheagul a fost absorbit, o puteți lua acasă, îi spusese doctorița de dimineață, n-a pomenit de delir, iar acum vocea mamei îi sună în cap, *apă sfințită*, la fel și respirația greoaie.

Cum e posibil așa ceva?, ar întreba dacă i-ar răspunde cineva la telefon. Interior douăzeci și unu, cu doamna doctor Mureșan, vă rog. Este la vizită, nu este aici, reveniți, vă rog, e a noua oară când revine și nimic, de parcă a înghițit-o spitalul ăla.

Degeaba se învârte pe lângă clădirea urâtă, imensă, cu geamuri luminate ici-colo. Nimeni nu poate intra la ora asta, mâine dimineață, doamnă, și dimineața aia, care suna ca o promisiune, e o amenințare.

Tudor nu răspunde, nici Ioana, telefoanele au amuțit fix în seara asta. E singură aici, iar mama ei e undeva dincolo de una dintre ferestre, și are gândurile înnodate ca un copil pierdut într-un labirint.

Mama, spune în șoaptă, mama, mâine te iau acasă, îți promit.

Străzile sunt albe și reci și ea cercetează lacom casele altora. Înăuntru e căldura, afară, doar frica și înghețul. Într-o cameră, o femeie scutură o plapumă, o întinde pe pat, stinge veioza. Întunericul ferestrei o liniștește și pe ea. Rămâne câteva secunde nemișcată.

Oamenii dorm, grijile vin dimineața, noaptea le periază mințile, numai pe a mamei, nu, își spune când se îndreaptă spre bloc. Aude muzica dintr-o mașină parcată în față. Niciodată nu a înțeles jazzul, dar se potrivește perfect cu gălăgia din capul ei.

Se apropie încet și îl vede pe Răzvan, deschide ușa și se așază lângă el. Tata a murit azi, îi spune, rămâi cu mine, te rog.

Și stau așa un timp, nici ea nu știe cât, uitându-se drept în întuneric. Asta ar fi trebuit să fac și cu mama, să rămân lângă ea și toate astea nu s-ar mai fi întâmplat, apoi se întoarce cu fața spre el, se apropie și îl sărută.

A doua săptămână

„și uneori se schimbă lumina."[1]

Îi răsună versul ăsta în cap de când s-a trezit, e în fața asistentei de la care o să ia biletul de externare, Ioana așteaptă afară, va fi bine, își spune, mai mult să se convingă, și iar:

„și uneori se schimbă lumina".

Poate o ia și ea razna acum, se sperie, îmi pare rău, dar mama dumneavoastră nu mai e la noi, cum adică nu mai e la voi?, nu mai e, aveți răbdare, vă rog, mă interesez.

Albul de spital e dintr-odată foarte intens și ochii o înțeapă. Cum poate să dispară un bolnav?, îi vine să urle la femeia care tot dă telefoane. A fost mutată noaptea trecută la spitalul de infecțioase, îi spune în cele din urmă, testul Covid a ieșit pozitiv, mă auziți? Acolo trebuie să mergeți.

Mă auziți?

O aude, sigur, ar spune ceva, dar își simte gura cleioasă, nu poate să articuleze nimic, merge spre ieșire, ce te faci, prințesă Leia, tu, care le planifici pe toate?

---

[1] Din *Vino cu mine știu exact unde mergem*, Dan Sociu, Editura Polirom, 2015 (n.a.).

A venit fără buletin, ați adus-o fără buletin, o repede Ioana, uite că are voce, se miră și se bucură în același timp. Aveți rețeta de la cardiolog, aduceți medicamentele, în magazie nu am găsit, o pijama, pampers și apă, la noi nu este potabilă.

Ce fel de spital e ăsta?, continuă Ioana, și ea tot nu e în stare să zică vreun cuvânt, dar halatul alb nu se lasă intimidat. Aveți noroc că a prins loc, e singurul specializat pe Covid.

Și apoi o aude pe ea, deși nu o vede încă, dar e ea, știe sigur. Șaptezeci de ani am făcut în ianuarie, cu petrecere, fiica mea a organizat... Și celelalte cuvinte se pierd sau nu mai reușește ea să le pună în ordine.

În capătul îndepărtat al holului, apare infirmiera, împinge un cărucior în care e maică-sa, deși mai mult o ghicește. Pare mai mică din depărtare, capotul roșu cu negru, pe care îl poartă de sărbători, atârnă puțin peste margine. Mamă, strigă și sunetul ascuțit o sperie pe Ioana, dar ușa de la salon se închide cu zgomot. Nu puteți să vă apropiați, i se spune, mamă, suntem aici, strigă iar, puteți să vorbiți doar la telefon.

Tu de ce nu le comentezi?, îi reproșează Ioana când ajung acasă, putem să-i dăm în judecată, nu e normal, dar ce e normal din ce se întâmplă? Asta e realitatea, se poate mai rău. Uneori pe Salvare se pierd acte, proteze, medicamente, pacienți, la morgă se-ncurcă cadavrele, cel mai bine e să verifici, așa se face. Circulă atâtea povești, că i-e și teamă să se gândească.

Mai bine să caute în minte doctori pe care ar putea să-i sune. Tudor are o verișoară asistentă, sau poate doctorul de familie știe pe cineva. În țara asta întotdeauna trebuie să știi pe cineva care știe pe cineva, asta e regula numărul unu, deschide telefonul și caută în agendă, e calmă și asta o surprinde chiar și pe ea.

Ar trebui să iei un aparat de oxigen, e o firmă care închiriază, dar să știi concentrația, sigur o să ai nevoie când se va întoarce. Dacă se va întoarce, îi vine să spună, dar se abține, și să găsești pe cineva care să stea cu ea, eventual, dau și eu niște telefoane, dacă vrei. Aveam o femeie pentru bunică-mea acum vreo doi ani.

Și vocea colegei care-i dă sfaturi face ca realitatea să fie și mai puternică, trebuie să te pregătești, și-i vine să țipe la ea: taci, taci! Săptămânile trecute se certau pe mâncare, maică-sa insista să facă salată boeuf, ea nu voia, tocmai ce-am mâncat de Crăciun și de rev, și azi trebuie să-i găsească oxigen, de parcă ar fi cel mai natural lucru din lume!

Și, deși planul inițial a fost că rezolvă, că sunt oameni în jurul ei care știu alți oameni, că există conexiune chiar și când nu te aștepți, încă nu are nicio soluție. Ce ai făcut, Leia, toți anii ăștia? Nu poți să dai un telefon și să afli mai multe, nu poți să intri la ea, nu cunoști nicio asistentă, niciun doctor, nicio infirmieră, nu te bagă nimeni în seamă, mereu o folie impermeabilă între tine și ceilalți.

În urmă cu ceva timp, ar fi vrut să nu o mai vadă măcar o săptămână, să nu o mai audă. Să nu mai fie nevoie să controleze în fiecare zi cum este, dacă a luat pastilele, să nu le mai numere, să nu-i mai observe pielea cu teama că va mai găsi vreo vânătaie, iar zilele astea, când e în grija altora, nu se simte mai liniștită.

Și nici zăpada care cade de câteva ore nu o ajută. Fulgii pe care în ultimii treizeci de ani i-a crezut mesaje secrete de la cel iubit și mort sunt un perete opac. Nu mai poate vedea nici în spate, nici în față, toate drumurile s-au închis. Ce vrei să-mi spui, tată?

Mama ta este puternică, dar la ce le folosește puterea?, îndârjirea asta de a face un pas și încă unul? Câteodată, renunțarea e un semn de putere, mamă, i-ar zice, dacă ar avea curaj, de ce să mai trăiești, dacă mintea e vraiște și fără repere? Și apoi îi țipă vocea ei în cap: nu vreau să mor, Elena, stai cu mine, și eu am avut grijă de tine când erai mică, și cuvintele se transformă în vuiet, nu vreau să mor, Elena!

De câte ori sună telefonul, tresare.

Ești paranoică, spune Ioana , dar cum ar putea fi altfel dacă nu mai are niciun fel de control?

Nimeni nu o cunoaște mai bine ca ea, nimeni nu poate observa diferențele, ce se-ntâmplă cu femeia asta care-i ocupă mintea și sufletul de patruzeci de ani? Cum de-a crezut că o să-i fie ușor să se desprindă?

Exagerezi, îi spune și Tudor, după ce a adus-o acasă de lângă spital, incapabilă să se mai țină pe picioare.

Îi putea înțelege oarecum amestecul de milă și dezgust să o vadă așa, chircită și îndurerată, când încă nu era cazul, dar nu era ca și cum și-ar fi propus să facă asta, s-a întâmplat.

Nu mai băuse atât de mult dinainte de a rămâne însărcinată cu Ioana. A ieșit cu colegii de la librărie, era ziua Irinei, ce putea să fie rău dacă mergea într-un bar? Nu mai ești la vârsta la care să fii deprimată, i-a zis Corina și i-a întins o bere, iar sentimentul că nu e de acolo, că nu are ce să le spună, deși împart același spațiu și timp, s-a mai diminuat.

Și, de fapt, după o altă bere, nici pe ea nu o mai interesa nimic în legătură cu ei. Nu era datoare să le cunoască poveștile, nu-ți face iluzii, și-a spus, și tu ești zgomot de fond cu problemele tale.

Întâi, s-a concentrat pe muzică. Mai târziu, pe felul în care Alin, șeful lor, flirta cu Irina, gesturile stângace, gura lui atât de aproape de urechea femeii. A studiat-o pe Corina, care râdea în hohote la orice glumă spusă de Ionuț, era muzică veche, din liceu, și asta a întristat-o și mai tare, așa că a băut și mai mult.

Vodcă, bere, a conversat cu oricine se găsea pe lângă ea, pot să fiu și eu populară și super prezentă, ca-n reclamele care te-ndeamnă să trăiești clipa. Doar că la ea era un prezent de-a dura. A dansat, a râs, ha, ha, pot să râd, iar când a plecat, era încă bine, și ar fi ajuns acasă, dacă drumul nu trecea pe lângă noul spital.

Și s-a oprit. Ningea de-a valma, cu fulgi mari. Stratul subțire și transparent acoperea curtea întreagă. Nicio urmă de pași, nicio fereastră luminată, clădirea părea înfricoșătoare așa, în întuneric, cu geamurile alea mari, negre, ca un vapor părăsit.

A văzut în curte containerele albe. De acolo nu mai iese nimeni, s-a gândit, sunt doar corpuri prinse de aparate, până cedează toate organele. Respirații artificiale, asigurate de cabluri. I s-a făcut rău, s-a așezat în zăpadă, când pielea a devenit mov- albăstruie, l-a sunat pe Tudor, să vină să o ia.

E noapte și tăcerea din jur e culcuș pentru frici. Tudor doarme, Ioana nu, o aude plimbându-se prin casă, apoi cum sfârâie un chibrit. Și-ar aprinde și ea o țigară, dar îmbrățișarea lui e o piedică. De un an își dorește să doarmă cu el, dar aproape niciodată nu a fost timp, nu a fost momentul, și acum, că e aici, în sfârșit, e încurcată.

Ce știe ea despre intimitate? E ceva ce a văzut în filme și în cărți, a ghicit în privirile cu care cineva părea să mângâie pe altcineva, în felul în care cădea lumina într-o cameră, în felul în care aerul pare mai gros iarna, un strat protector peste omul iubit.

Modul în care deschizi o ușă sau așezi masa de prânz, într-o duminică după-amiaza, asta o fi? Îmbrățișările Ioanei sau ritualul lor de a ieși la prima ninsoare pe câmpurile din afara orașului? De a se întinde pe pământ, așteptând să se așeze peste trupurile lor calde fulgi de toate mărimile? Fotografiile pe care le face atunci? Să facem o expoziție cu fulgi de zăpadă, i-a zis ea tatălui ei, când era mică, la fel și Ioana, ei, tot când era copil, e o vârstă când oamenii sunt în stare să vadă formele hexagonale perfecte și să fie uimiți.

Tudor sforăie și sunetele i se par liniștitoare, orice alungă tăcerea e semn bun. I-a plăcut de el de când l-a văzut prima dată, la un concurs de escaladă. Calm, cu fiecare mișcare bine calculată, știa traseul pe de rost. Un bărbat atât de meticulos ar putea să aibă răbdare și cu ea, și-a spus, ar putea sta până la final, până când va putea fi și ea întreagă, fără frică, nu așa, din bucăți.

Doar că Tudor nu părea să o observe, la nicio ieșire pe munte, la nicio ieșire la bere, și asta a provocat-o și mai tare.

Abia după câteva luni au stat de vorbă, noaptea, într-o cabană din Crai, după ce adormiseră ceilalți, beți și epuizați. Era plictisit. A întrebat-o dacă vine cu el afară, cu frontale, și s-a dus, dar a tremurat de la primul pas. S-a speriat că o să moară lângă bărbatul ăla străin și întunecat, s-a gândit la Ioana, la maică-sa, la ce vor face ele fără ea, deși să mori rapid nu era cea mai urâtă chestie. Și tatăl ei murise așa, n-a fost chin, n-a fost durere, doar o senzație stranie pentru ea, că nimeni nu o mai vede, că, odată cu el, a devenit invizibilă și ea.

Tudor a ținut-o de mână, a mers ca în transă, totul părea neînsemnat de sus, așa că, de bucurie, l-a sărutat și au rămas împreună.

Cel mai mult i-a convenit că nu exista nicio dorință puternică din partea lui. Totul era limpede și liniștitor. Ochii bărbaților agățati de corpul ei o speriau de când era tânără. Privirea neutră a lui Tudor îi dădea siguranță. Nu e OK , îi reproșa Irina, dar pentru ea nu conta. Sexul și pasiunea complică mereu lucrurile și-n urmă rămâne un corp pârjolit, tânjind după altceva, nu-nțelegi?, i-a răspuns.

Tudor părea să priceapă. Erau împreună, dar fiecare la casa lui, împreună, dar fiecare cu libertatea lui. Împreună, dar ea singură, de multe ori, în fața atacurilor mamei, care-i reproșa că el nu vrea nimic serios, în fața uimirii Ioanei, care era convinsă că tipul nu va mai rezista mult.

Și totuși. Cine este bărbatul acesta și cum ar putea somnul lui s-o îmblânzească? Îi ascultă respirația înceată, îi trece mâna peste obraji, ca un fel de recunoaștere, peste barba nerasă, peste pleoape, și gestul ăsta o sperie, e ca și cum i-ar mai închide o dată ochii deja închiși. Nu e mort, e viu, ești nebună, își spune, e cât se poate de viu, se ridică greu din pat, pașii ei scârțâie pe podeaua goală, așază o pătură pe jos, ia prima carte la îndemână:

„ei merg din răsputeri către trecut, pentru că într-o zi acolo va fi viitorul“[1] citește.

Ce vrei să fac și nu fac?, ce vrei să spun și nu spun?, o întreabă el abia după câteva zile, e dimineață și stângăcia lui o derutează, tocmai acum vorbește despre ce nu se vede, dar se simte. Suntem iar de o parte și de alta a lucrurilor, niciodată împreună, i-ar spune, dar amână, are urechea fierbinte de la telefonul lipit de ea,

abonatul nu poate fi contactat,

abonatul nu poate fi contactat.

---

1 Din *Arta fricii*, Ioan Es. Pop, Editura Charmides, 2016 (n.a.).

Nimeni nu răspunde azi la noul spital, nici doctor, nici asistentă, nici maică-sa, doar robotul, care face legătura cu o cameră de gardă inexistentă.

E dimineață și Tudor e nerăbdător, poate are dreptate Ioana, poate în curând va pleca. Coboară treptele amândoi, două etaje de tăcere, o ușă se deschide brusc și un bărbat iese grăbit, te iubesc, îi spune celei dinăutru. Replica asta și-ar dori-o și ea, dacă s-ar opri și s-ar uita blând, dacă i-ar atinge umerii, dacă.

Vidrele se țin de mână când dorm, să nu le ia apa, îi șoptește fetița la ureche, am văzut eu la desene, apoi aleargă veselă prin librărie și ei îi umblă imaginea asta în cap, cu niște șobolani imenși care se agață unul de altul. Sigur nu așa a zis, dar mintea derapează încontinuu. Ce faci?, o întreabă și Dragoș cel mic, mă pupi? Vreau să mă pupi, pupă-l că n-o să te lase, râde tatăl băiatului, Dragoș cel mare. Și toată librăria îi pare ocupată de copilul care întinde două mâini slabe și lungi după ea, dar cum rămâne cu ce vreau eu?, se înfurie, când contează ce vrea și ea, să plece, ce se-ntâmplă cu noi, Leia?, ce se-ntâmplă? Se-ntâmplă că-n viață rareori primești ce vrei, spune asta cu voce tare, privind țintă în ochii copilului.

Și-apoi, într-o dimineață cu soare alb, strălucind câteva minute peste blocuri și oameni, ascultă vocea doctoriței din telefon: ce-i dați pentru demență?, nu e deloc cuminte, azi-noapte i-am legat mâinile de pat.

Și vocea se pierde. Ce nu auzi, nu există, ce nu vezi, nu există, deci aici se ajunge, câteva ore mai devreme o răstigneau pe maică-sa într-un salon de spital, în timp ce ea se chinuia din nou să doarmă lângă Tudor.

Norii trec rapid, acoperind și dezgolind cerul, numai mintea e un deșert cu mine ascunse. Nu știe niciodată pe ce calcă și de unde vine explozia. Alo, doamnă, mai sunteți aici?

Care-i faza cu fotografiile astea?, devine Ivan curios, dar nu-i dă niciun răspuns, nici ea nu știe de ce le-a întins pe parchet. De ce sunt făcute doar în casă, insistă și se așază pe jos, lângă ea. Mai puțin una, îi spune și i-o întinde.

Asta e de la balcon. Pe aleea din fața blocului se vede o femeie, mică și solidă, îmbrăcată în fustă și bluză cu mânecă scurtă. Are câte două sacoșe în fiecare mână, nu pare obosită, ci foarte hotărâtă să ajungă acasă. Asta e mama mea în varianta optimistă, îi spune băiatului care privește peste umăr și răsuflarea lui i se pare din nou fierbinte. O ia amețelea, așa că se ridică brusc.

Șmecheră, îi confirmă și el, analizând fotografia câteva secunde.

Șmecheră, ce cuvânt a ales, ea n-ar fi zis asta despre maică-sa. Ultimii ani au tot diluat imaginea asta și altele i-au luat locul:

mama și aerul încurcat, dimineața și seara, când ia cutiile cu pastile din dulap,

mama agitată, sprâncenele ușor arcuite, când nu găsește ceva, pleoapele căzute, când își dă seama că s-a înșelat, capitularea pentru câteva momente,

mama și furia cu care o străpunge când îi reproșează lucruri banale, mama și spaima când a întins mâna să-i ia telefonul, nu-mi trebuie mie poze, a spus, n-am nevoie. Nici nu ți le dădeam, dar numai așa nu mi-e teamă și milă de tine, i-a răspuns în gând.

A fotografiat-o odată, după ce a ieșit de la duș. Era ceva înduioșător în felul în care corpul lăsa moartea să-l ocupe încet. În picioarele cu vene proeminente, în burta flască, în pielea alburie, care atârna sub braț, la gât. În spatele neted și ușor aplecat. Silueta mamei, supraexpusă, arsă, se destrăma încă de pe atunci.

Și o vreme a rămas obsedată de imaginea asta. O vreme, a mers și ea la oglindă, să-și studieze corpul: față, sâni, mâini, picioare, fund. De parcă dincolo de ele ar fi putut ghici contururile mamei, degradarea ei lentă. Cât va mai dura până când ridurile vor săpa mai mult, buzele se vor strânge peste o gură cu miros îmbâcsit și corpul se va supune, dar mintea nu?

De-asta merge la sală în fiecare zi și face orice: *tabata*, *crossfit*, *hit training*, numai să înlăture orice urmă de slăbiciune din corp. Cu cât lovește mai tare sau ridică mai mult, cu atât se simte mai bine. Și merge și la saună. Nu mai e Leia, ce și cine e ea poate fi transformat, aerul cald devine un strat protector, lipit de piele.

Alo, ce faci? Chiar să nu dai niciun semn de atâtea zile, o să mă găsești moartă într-o zi!, i-a auzit vocea răstită într-o zi, nu demult. După o pauză ciudat de lungă, a adăugat: am nevoie de tine, vino până aici! Nici nu a apucat să spună ceva, că a închis. Mama nu face așa, s-a speriat, a căutat-o repede pe Irina și i-a spus că trebuie să plece urgent. Tot drumul până la ea a fugit, gâfâia când a ajuns: ce-i cu tine, ești bine? Trebuie să scoatem covoarele astea, uite, am găsit niște gândaci, trebuie să le iei, a țipat maică-sa, sunt niște gândaci mari și fac zgomotul ăsta ciudat, iar buzele ei imitau un fel fâșâit.

Nu era nimic, nici măcar un păianjen amărât, și mersul ei șovăielnic dintr-o cameră în alta, respirația împroșcată, fața roșie au enervat-o, e iar într-o fază tâmpită, cine știe ce o fi visat?

De nervi, i-a venit s-o zgâlțâie, să-i apuce mâinile alea slabe, vineții ca niște șerpi, și să o trântească de un perete. Tu ești un gândac care trebuie strivit, tu ești!, s-au adunat cuvintele și era gata să urle. S-a dus după ea la bucătărie, de data asta, gata, ce crezi tu?, a început, dar a văzut-o pe scaun, cu capul plecat și mâinile pe lângă corp, ca un copil certat și pus la colț, cum erau cei pe care-i pedepsea demult, la grădiniță. A stat așa și a privit-o, ura s-a risipit când a îmbrățișat-o și ea a început să plângă.

E doar o emoție, o să treacă, și-a spus și a respirat profund de câteva ori, e doar o emoție, pielea creponată a mamei părea să se desfacă în brațele ei. Ești cu mine, a spus cu voce tare, de teamă să nu dispară de tot. Stai aici, o să rezolv eu.

A tras covoarele, a spălat pe jos, a dat cu aspiratorul, fiecare gest era îndârjit, de parcă, frecând parchetul ăla, ar fi reușit să șteargă și nebunia din capul maică-sii. Cureți în afară și cureți înăuntru, își spunea văzând-o cum stă pe marginea patului, măruntă și umilă. Mulțumesc, Elena, nu știu ce m-aș face fără tine. Într-o zi o să mă-nghită cu totul, mor eu până moare ea, s-a gândit, dar a continuat să șteargă peste tot.

E dimineață și e semi-întuneric când deschide ușa apartamentului. Se aștepta să o audă tu ești, Elena?, așa cum făcea de obicei. Vocea ei puțin răstită îi lipsește când cotrobăie prin dulap după pijama nouă și capot. Trebuie să aibă grijă să le pună cum erau, altfel, o să-i scoată ochii măcar o săptămână.

Hârtii și plicuri am pe raftul al doilea, sub ultimul rând de pijamale, dar nu găsesc chitanțele de la întreținere, i-a zis în altă zi, aproape plângând, nu știu unde le-am pus, Elena, nu știu. Vocea înfricoșată i-a rămas în ureche: nu știu.

Ea, care știa și stăpânea orice, era iar ca un copil mic, rătăcit, iar fericirea, atunci când lucrurile se așezau oarecum, era tot a unui copil. Nu-nțeleg de ce dracu' te agiți așa, a urlat la ea odată și s-au speriat amândouă. Abia în dimineața asta își dă seama că nu hârtii și obiecte căuta maică-sa înfricoșată.

Și, cotrobăind, pipăind, mâna ei găsește altceva: un caiet vechi de matematică, coperte roșii, de plastic, l-ar recunoaște și cu ochii închiși.

Fii atentă că ai cinci minusuri și doar două plusuri. Șase minusuri și un plus. Șapte minusuri, zece minusuri, minusurile erau mai multe în caietul mamei și-i era ciudă pentru că fusese ideea ei să facă așa, ca la grădiniță. Voia să-i arate că totuși e cuminte, o ajută, face curat, mănâncă, doarme, nu o deranjează, deși ultima chestie nu-i ieșea deloc. Mereu voia ceva când nu era momentul potrivit, nu acum, Elena, ai răbdare, Elena, du-te în camera ta, Elena, tot timpul te agăți de cineva și nu lași omul în pace! Să-ți fie rușine!

Rușine, rușine, rușine!

Minusuri peste minusuri se adunau în caietul ăla, pe care l-ar fi rupt în bucăți, dacă ar fi putut, dar nu știa unde îl ține, și uite-l în dulap, printre haine și miros de lavandă, amintindu-i, după treizeci și ceva de ani, că era veșnic pe dos de cum o voia ea. Mai bine l-ar arunca, și asta face, pe urmă o ia de la capăt, pe raftul al treilea, din stânga, a zis, își spune cu voce tare, dar când aude telefonul, se sperie și scapă hainele pe jos.

Vreau acasă, ghicește vocea maică-sii. Nici alo, nici bună dimineața, direct vreau acasă, apoi ezitarea, nici nu mai știu de ce am venit la spital. Cum adică nu știi?, dar maică-sa turuie despre piciorul care s-a mai dezumflat puțin, deci ceva își aduce aminte, nimeni nu vine la mine, zice, nimeni nu face nimic, n-am mai văzut o asistentă de câteva zile, nici pe doctoriță, de când m-au internat, nici pe tine, mă lași aici?

Nu mă lasă să intru, spune repede, ai Covid. Și se lasă o tăcere aspră și lungă. Cu tratament se rezolvă și te-ntorci acasă, ar putea să-i zică asta sau altceva, orice, cum să umple pauza, se întreabă căutând disperată ceva de care să se agațe. E doar o icoană mică, prinsă pe perete. Doamne, iartă-mă, șoptește, pe urmă vine și minciuna: să știi că s-a întors Pisica, e bine, da. Se vede că nu prea a mâncat două săptămâni, recuperează. Da, îi iau bobițe din alea mai scumpe. Azi îi cer să mă externeze, vine și replica și închide brusc.

Nu te-nțeleg, nu s-a întâmplat ceva grav, dar te porți de parcă..., mormăie Tudor. Cum nu e grav, când maica-sa a luat-o pe arătură? Nu se mai moare de Covid, continuă el, de parcă moartea e problema. Gândul că mama ei e doar o carcasă care va acoperi un gol o sperie mai tare. Cine va fi ea când nu-și va mai aminti nimic?

Exagerezi.

Și o ia în brațe și gestul ăsta, pe care nu îl anticipase, îi amorțește temerile, se face mică și stă la adăpost.

Poate că așa e. Poate exagerează. În zilele astea o doare capul mai tare decât de obicei, câte o jumătate de cap, de fapt, ca și cum n-ar vrea să o obosească dintr-odată. În zilele astea e amețită, confuză, o ustură ochii, dar totuși se uită la televizor și imaginile care rulează o prind în vârtej. E când pe o insulă în Islanda și aerul rece și umed îi zguduie corpul, când în povestea lui Figo, care a plecat de la Barcelona la Real și un suporter furios a aruncat capul ăla de porc pe stadion. Nopți în șir a urmărit-o imaginea aia, închidea ochii și tremura de frică. Figo a făcut ce nu trebuia, zice lumea. Așa cum făcea și ea, când era mică și mințea că nu-i e bine, pentru că numai boala o speria pe maică-sa și rămânea mai mult pe lângă ea. Uneori îi citea și povești sau stăteau la desene împreună, era frumos, ar fi făcut orice numai ca să o simtă așa, caldă și bună. Elenuca-puca, șoptea mama ei cu o voce necunoscută și o mângâia pe cap, Elenuca.

Măcar de s-ar întoarce naibii pisica aia, ar fi un semn bun. Pentru că maică-sa iubește pisicile și viața ei e împărțită în perioade care poartă numele unei pisici, numai pe asta nu a numit-o nicicum. Pisica. Pis, pis.

Prima a fost Mia. I-a povestit cum a găsit-o pe stradă și i s-a făcut milă, era pui, multe zile a hrănit-o cu pipeta. Povestea și fața i se lumina, ținea minte atâtea detalii că s-a întrebat dacă nu cumva inventează. Era o dimineață de primăvară și se plimbau in jurul blocului, nici nu mai știe de la ce a început chestia asta cu Mia, oricum, era ciudat s-o audă pe maică-sa povestind. Ele nu vorbeau decât despre lucruri concrete, fără trecut, fără viitor, doar dintr-un fel de prezent nesfârșit. La un moment dat, a obosit și a vrut să se așeze pe bancă, iar ei i-a fost teamă nu cumva să cadă din picioare până găsesc una. Ce-o să facă?, cum o s-o ducă înapoi în casă?, însă n-a fost cazul. Spaima era doar în capul ei, ca multe altele, pentru că maică-sa, după ce a stat cuminte câteva minute și a zis că Mia a murit într-o iarnă, strivită de zăpada de pe acoperișul blocului, s-a înzdrăvenit și s-au întors cu pași hotărâți acasă.

Mama a făcut totul pentru noi, i-a zis în altă zi. S-a sacrificat pentru noi, ne-a ținut la școală, tata bea, ea ținea toată casa, așa fac mamele, să știi, s-a uitat la ea insistent când a zis asta. Și privirea aia semeață a enervat-o, n-avea nevoie de lecții din partea ei. Și eu am făcut la fel, serios?, și ce vrei ?, i-a venit să o întrebe. Eu nu sunt mama ta, i-a șoptit, strângând-o tare de mână. Mă doare, Elena, și vocea i s-a înmuiat.

E seară, Ioana e în camera ei, citește, Ivan va veni în curând, Tudor a ieșit să alerge, e o liniște care o deranjează și pe care ar umple-o cu sunete de-a valma. Dă muzica mai tare, dar imediat o închide rapid. Tocmai aici, acasă, ar trebui să nu mai joace niciun rol, să fie ea, dar cine mai e ea zilele astea? Îi e mai greu când nu se-ntâmplă nimic, nu știe în ce rol să mai intre, mama, fiica, iubita?, când nimeni nu are nevoie imediată de ea, timpul pare suspendat.

Și mai sunt momentele celelalte, în care îi vine să arunce telefonul, să nu mai depindă de numărul la care sună de cel puțin zece ori pe zi ca să i se răspundă o dată, standard, i se dă tratamentul, nu a mai făcut febră, doamna doctor vă poate spune mai mult, noi nu avem voie să dăm mai multe detalii. Doamna doctor.

Când se uită pe geam și-l vede pe Răzvan coborând din mașină, tăcerea se sparge-n bucăți. Stomacul se încordează primul, ca înaintea unei lovituri anunțate. Ar coborî în fugă scările, să-l sărute, să-l atingă, dar rămâne așa, pironită în fața ușii, ce-i cu prostia asta, Elena, nu mai ai optișpe ani, aude vocea maică-sii în cap. Tudor intră brusc.

Trupul lui mare și transpirat o izbește de perete, își cere scuze, ea zâmbește, măcar e bine, a revenit cu picioarele pe pământ.

Trebuie să aibă și doctorița ăsta niște copii, niște prieteni, se gândește de câteva zile, când nu alungă din cap imagini cu Răzvan. De câte ori se îndrăgostește de un bărbat, rulează în minte scene cu nopți întregi în care povestesc despre cărți sau filme, dar acum nu-i așa. Acum vrea doar să-i simtă gura, limba căutând-o pe a ei, mâinile pe tot corpul, adună-te Leia! Leia!

Întinde mâna în față și o ține așa, în frig, până începe să tremure. Gerul alungă fierbințeala, trebuie să poată ajunge cumva la doctorița aia, să vorbească direct, ea pentru ce trebuie să fie pregătită?! Să facă ce?, se întreabă lucidă, pironită în fața spitalului, așteptând să iasă o femeie înaltă, șatenă, cu ochelari, așa cum era poza de pe profilul de pe Facebook. Ea ar putea să-i spună cel mai clar care-i mersul lucrurilor.

I-au înghețat deja picioarele, mișcă degetele, nu sta momâiță, spunea taică-su când ieșeau să facă fotografii, mișcă degetele, și asta face, ba chiar și câțiva pași stânga-dreapta, de parcă ar dansa. I-ar plăcea, n-a mai dansat de o veșnicie, dar or fi existând cluburi în care intră persoane de patruzeci plus, fără să fie ridicole? Sau mai bine ar merge cu Ioana, dar ea n-a fost niciodată pro party. Și la cuvântul ăsta, party, se oprește, pentru că de undeva din spatele ei o ajunge un miros familiar. Mirosul de Crăciun, Paște, zile de naștere din familia lor, Perceive de la Avon, parfumul maică-sii, parfumul pe care ea i l-a făcut cadou cu mulți ani în urmă și de atunci mama ei e frezie, vanilie și alte arome mai greu de identificat.

Nu are nicio ezitare. Pornește după femeia care miroase așa. E ceea ce maică-sa ar numi o doamnă, aproximativ șaizeci de ani, elegant îmbrăcată, tocuri pătrate, haină de blană, căciulă la fel, de sub care se ivesc, în spate, câteva fire blond-alburii. Nu pare să se grăbească nicăieri, ocolește gheața de pe trotuare și bocăne într-un ritm apăsător. Trebuie să aibă grijă să nu o depășească. Intră la Mega, intră și ea. Pe lângă rafturile cu carne stă mai mult, indecisă, mirosul de parfum se resimte și mai bine în magazin, aproape că o amețește când se apropie. Îi atinge umărul din greșeală și, deși ar fi trebuit să știe, tot e șocată când îi vede fața palidă și buzele roșu-aprins. Nu are nimic din mama ei, ochii i se umezesc, spune, mă scuzați, vă rog, v-am confundat și iese rapid. Și nu mai are chef să cunoască niciun doctor, ce-și dorește este să găsească un loc sigur în care să se ascundă până va trece ce e de trecut.

Putem vorbi despre cărți și afară, le spune într-o seară copiilor și ei vin după ea în șir indian, mărșăluind împreună pe străzi spre cel mai apropiat parc. E chiar mai bine, ninge frumos azi. Pe mine tata nu mă lasă să ies iarna, e aerul rece, spune Dragoș. E-n regulă, ești cu mine, e nemaipomenit de frumos, strigă Petra și o ia la fugă spre toboganul plin cu zăpadă, o urmează și ceilalți, chiar nemaipomenit, da, zice și ea în gând.

Fac împreună îngerași, oamenii mari îi privesc, unii râd, alții trec mai departe, indiferenți, dar ea e fericită. S-o îngropăm pe Leia, zice unul și încă doi vin repede și-o întind în zăpada moale și rece, iar ea stă nemișcată și așteaptă. Fulgii i se topesc pe față, mâinile i-au înghețat. Ar putea rămâne așa o vreme, mare și albă, întinsă la marginea parcului, și fantezia asta aproape că o încălzește, îngropați-mă, spune, și privirea-i merge în sus, spre zăpada care cade rapid, ca cifrele din *Matrix*.

Văd că te plimbi toată ziua și faci poze, ce bine de tine, o tachinează Irina dimineața, aranjând noile cărți. Se poate și așa, unii chiar cred că e fericită, chiar și maică-sa, dacă ar avea Facebook și ar vedea ce postează, ar crede că nu-i pasă, că viața ei merge înainte. Ar trebui să spui mai des ce simți, i-a sugerat într-o fostă viață fostul ei soț, nimeni nu poate să ghicească ce e cu tine, dar la ce bun totuși, ce ar putea să facă alții pentru tine și tu nu faci?

Nimeni nu vede decât vârful aisbergului, și poate e mai bine așa, altfel ar fugi mâncând pământul, tu ai plecat, nu?, i-ar zice lui Adi, dacă l-ar întâlni, numai că el e departe și doar cu Ioana discută, seara, pe Skype. Pe cine păcălești tu, Leia?

„de-a lungul bulevardului pustiu

Aerul pocnise ca un parbriz și stătea gata-gata să cadă"[1] îi răspunde Irinei, citind din cartea pe care apoi o așază pe raft, dar ea își dă ochii peste cap de la primele cuvinte: n-ai nicio treabă cu realitatea!

Cel mai sigur e când viața ei înseamnă doar momente banale. Fără surprize. Fără conflicte. Dimineața o trezește pe Ioana, pregătește micul dejun, merge la librărie, schimbă mesaje cu Tudor la telefon, citește, se întoarce spre casă, face fotografii. Observă cerul, și liniile groase și albe ale avioanelor care au trecut i se par promisiuni ale unor evadări reușite.

Mama dumneavoastră e mai bine, în câteva zile o las acasă, i-a zis doctorița într-o zi. Și replica asta a blocat-o câteva ore, apoi a hotărât că se va descurca atunci când va fi cazul.

---

[1] Din *Insectarul Coman*, Dan Coman, Editura Charmides, 2022 (n.a.).

Se uită la Ioana și uneori n-o recunoaște. Poate chiar e timpul să plece, cine e ea să spună că nu?

Eu nu sunt ca maică-mea, nu vreau să o țin lângă mine, își spune din nou, adu-ți aminte, Leia, ce îți doreai pentru copilul tău și ce faci? E un exercițiu bun, dar ea nu știe ce-i bine, dacă știa, pleca la facultate, nu aiurea în lume, continuă monologul imaginar o vreme, fără să-l ducă la capăt. Pur și simplu nu o mai înțelege pe fiică-sa, nu știe cum să se mai apropie de ea fără bufnituri și voci ridicate.

Poate c-ar trebui să fie recunoscătoare pentru ce se întâmplă acum: bea cafea, afară e soare și nu mai ninge, cineva ascultă muzică de meditație, inspiră, expiră, asta-i tot.

Întotdeauna l-ai iubit pe taică-tu mai mult decât pe mine, i-a spus odată, la telefon, și nu i-a venit să creadă, cum ai ajuns tu la concluzia asta?, a întrebat după câteva secunde. Deci nu negi, a insistat și ea a tăcut. Dar nu despre iubire era vorba, ci despre felul în care un om te face să te simți. Sau cel în care îți permite să fii cum ești sau cum bănuiești că ai fi.

Era despre blândețea tatălui, calmul lui, plimbările cu el, sâmbăta, când aproape îi dădea afară din casă, mama vrea să fie singură puțin, șoptea, apoi se îmbrăcau și plecau.

Era despre alunecarea lentă a fulgilor de zăpadă, pe care o observau cu orele, pe dealuri sau câmpuri.

Era despre poveștile pe care le inventa pentru ea, cu vulpea Toma și piticul Aron și despre răbdarea lui, seară de seară.

Era despre un cântec pe care i-l cânta când nu reușea nicicum s-o adoarmă și pe care i l-a cântat și ea Ioanei, de câteva ori, dar i-au dar lacrimile și fetița s-a speriat: *doarmă frunza plopului și ochiul izvorului. Doarmă toate câte sunt...*

L-ai iubit pentru că el stătea mereu cu tine, iar eu nu-mi vedeam capu' de treburi. Să vă fac de mâncare, să vă spăl, să vă calc. Nu știam că era un concurs, ei, lasă, era și știm cine a câștigat, mai bine muream eu, să vezi ce bine v-ați fi descurcat!

Lucrurile lui Tudor sunt în baie, prosopul, periuța, șamponul; în bucătărie, o cană; în balcon, rucsacul, bocancii de munte, bețele de schi, de care s-a și agățat într-o dimineață și era să cadă, l-a și înjurat în gând.

E omniprezent și e foarte atent la ce face ea. Se trezește primul, iese la alergat, pregătește cafeaua, îi scrie de mai multe ori pe zi, cum ești? Dacă nu primește niciun semn, o sună până răspunde, deși ea n-ar vrea, ce ar putea să zică? Nu sunt bine, dar, dacă-i răspunde așa, zâmbetul și bunele lui intenții se risipesc subit.

Cine crezi că te suportă așa? a certat-o chiar și maică-sa odată. Cine? Mâna lui, care îi mângâie părul prea des, îmbrățișările lungi, privirea lui, care o urmărește, grijulie, mereu, o blochează.

Doar cu Ioana i-a fost ușor, mâinile ei care-i căutau corpul, sânii, concursurile de pupici, pe Ioana a lăsat-o s-o mângâie cum a vrut ea, de câte ori a vrut ea, Ioana mică era un ghem de gesturi și vorbe de alint, pe care nu le-a respins. Te iubesc pe tine cel mai mult, mami!

Niciun vers, nicio fotografie nu pot anula haosul din cap, dorința, spaima. De la internarea maică-sii, fricile ei au crescut ca buruienile dintr-o grădină părăsită. Moartea nu vine de unde te aștepți tu, i se spune mereu, dar nici nu mai contează, e undeva, o pândește și îi apasă fiecare respirație. Se strecoară în corp. Ce trebuie să-nțeleg și nu înțeleg?, dar nu există răspunsuri pentru ceva ce încă nu s-a petrecut.

De ce te strâmbi, îl aude pe Tudor, crezi că mie mi-e ușor? Crezi că altceva mai bun n-am de făcut decât..., dar nici nu mai stă să asculte. În realitate, totul e la schimb, e despre el, nu despre ea. Și e bucuroasă, și vina se împrăștie mai ușor, iese pe ușă, am uitat de țigări, mă-ntorc imediat, dar se plimbă prin cartier, pentru că nu mai are chef de casă. Mai bine s-ar duce până la apartamentul maică-sii, îi trece prin cap, e pustiu, nu se așteaptă nimic de la ea.

Palma pe care o primește copilul o trezește și o atinge și pe ea. Și mai ales cuvintele: ți-am zis să nu ieși afară fără căciulă, vrei s-ajungem iar la spital? Și din nou o palmă, nici nu-i mai poate privi, o mamă furioasă și un copil speriat, cum a fost și ea, parcul e gol, copilul se târâie după femeia din fața lui, smiorcâindu-se, iartă-măăăăă.

Ia-mă în brațe, te rog, plângea și ea când era mică și se ținea după maică-sa, din dormitor în bucătărie, din balcon în cămară, în sufragerie, oriunde după ea, cu mâinile întinse după corpul moale. Ia-mă în brațe, să mă cumințesc.

Și exaperarea mamei, lasă-mă, întâi te aduni, și bilețele pe care i le scria cu litere strâmbe, de tipar, și i le strecura pe sub ușa de la bucătărie: iartă-mă, iartă-mă, promit să fiu cuminte! Nu pricepea cum ar trebui să se adune, ce înseamnă asta, a țipat într-o zi, dar ea a continuat. De ce nu poți să faci ceva singură cap-coadă? Mereu mă-mpiedic de tine, sunt și eu om, Elena!

Elenuca?, recunoaşte vocea din telefon şi simte cum o înţeapă ochii brusc, Elenuca, mi-e dor de voi, mamă! Şi nu ştie ce să-i spună, dar nu e nevoie să deschidă gura pentru că vorbeşte ea, de data asta coerent, dar poticnit, sunt mai bine, aş vrea să mă-ntorc acasă. O să te-ntorci, o asigură, îmi pare rău că vă supăr, sunteţi şi voi obosite, îmi pare rău.

Şi îi dau lacrimile, fix în mijlocul străzii, fix într-o după-amiază pe care o credea aproape normală, şi lacrimile se transformă în hohote. Nu plânge, o să fie bine, o asigură maică-sa, pe un ton blând, ştiu, spune şi ea, deşi nu e convinsă. Nu te supăra că plâng şi nici nu te speria, încearcă să o asigure, nu mă sperii, Elena, dar să mai stai şi tu să te odihneşti, adaugă, eu sunt bine, să ştii.

O aude tuşind, apoi vocea asistentei, vezi că ai reuşit?, bravo, bunica, acum dă-mi telefonul, apoi vocea mamei, din nou: vă sărut, îmi pune perfuzie. Şi bipăitul sec, şi zgomotele din jur, oameni care trec repede dintr-o parte în alta, numai ea stă pe loc, unde să mai meargă, se-ntreabă în timp ce paşii se-ndreaptă totuşi spre restaurantul unde o aşteaptă Tudor.

Trebuie să am grijă de ea, îi vuieşte în cap, e mama, trebuie să am grijă de ea, te-ai hotărât? Vocea lui Tudor vine de undeva de departe, deşi e fix în faţa ei, la masă. Şi mai e şi senzaţia asta, că e scufundată într-un acvariu, singură, iar ceilalţi oameni o privesc. Da, răspunde, deşi habar nu are ce vrea din meniu, ochii ei văd doar şiruri alandala de litere, carbonara ar fi OK.

Şi sunetul pe care el îl face cu limba, un plescăit dezaprobator, o irită felul în care se uită la ea, când îşi reglează vocea şi spune bine, dar ştie că nu e aşa, o irită sau poate e doar una dintre zilele alea în care totul e pe dos şi trebuie să aştepte să treacă.

Să fie recunoscătoare pentru că e aici, lângă ea, deși lui nu-i plac ieșirile în oraș, pentru că noaptea, când îi e frică, se ghemuiește lângă el, pentru că el știe pe cineva la infecțioase și așa află mai repede lucruri despre maică-sa, pentru că.

Și iar îi spune aceeași poveste, numai în capul tău e frica asta, ești bolnavă. Anca a zis că nu are forma gravă de Covid, o să treacă, nu mai e ca la început, acum știu și ei mai bine ce au de făcut, au tratamente care funcționează, și fermitatea din vocea lui aproape că o convinge pentru câteva secunde.

E prea obosită să mai spună ceva, zâmbește și mănâncă, zâmbește. Nu are niciun motiv să fie atât de îngrijorată, poate are dreptate și doar mintea ei denaturează realitatea. Și când ar fi zis că lucrurile se așază într-un soi de ordine, îl vede pe tipul de la masa din față privind insistent spatele gol al unei femei tinere care trece spre bar. Și tot pe el, câteva secunde mai târziu, atingând mâna femeii care se află în dreapta lui, cu ochii în meniu.

La cine s-o fi gândind oare?, la care dintre femei?, se întreabă și corpul îi e zguduit de un frison. Apoi un altul. Strănută de câteva ori. Nu-mi spune acum că răcești, dar ea se scutură scurt: m-am culcat cu altcineva, răspunde, ca să fie sigură că nu e cale de întors. Oricum și-a dorit asta, își dorește asta, nu e chiar o minciună. Doar că el pufnește în râs, nu crede. Așa că repetă cu glas tare, până îi vede ochii plini de furie. N-am nevoie de rahaturile tale, îi spune și continuă să mănânce atent până la ultima bucată, de parcă acolo, în farfurie, se află răspunsul pentru eșecul lor.

A treia săptămână

Există cinci etape prin care trece un om când pierde ceva sau pe cineva: negarea, furia, negocierea, depresia, acceptarea. A citit despre asta, dar nu pricepe cum pot fi delimitate clar; și, oricum, ea încă nu a pierdut nimic. Mama ei nu a murit, nu v-o dau încă, nu respiră prea bine, i-au explicat la spital exact când a mers după ea, și nici despărțirea de Tudor nu e o surpriză.

Sau poate că și în faza asta de pre-pierdere sunt etape, iar ea se teme mai mult de ceea ce ar putea fi, decât de ceea ce e. Chiar așa, ce simți tu, Leia?, ar întreba-o tatăl ei și i-ar fi rușine să răspundă.

E un fel de ușurare că altcineva are grijă de creierul rătăcit al maică-sii, e o mică speranță că ar putea să dispară acolo, acum, și nu peste câțiva ani, când mintea ei ar fi doar un spațiu alb.

E plăcere și e puls accelerat când se gândește la Răzvan, și face asta zilnic. Își imaginează în detaliu ce i-ar spune, cum ar atinge-o, dorința e peste tot în corp și e bine, pentru că așa alungă fricile și moartea.

Și e vină. Vina asta ca o gaură neagră o absoarbe în timp ce așază cărțile pe rafturi. O să te vadă Doamne-Doamne, Elena, i-ar zice, asta era ultima amenințare când era copil. Și-și închipuia cum maică-sa se transformă într-un bătrân imens, cu barbă albă, lungă și ochi răi, care se uită la ea din cer și, când deschide gura, o înghite. Înnebunesc, e clar, așa că deschide o carte și citește:

„(în genunchi)
În numele tatălui.
În numele statului.
În numele imperiului.
În numele capitalului.
În numele vostru, stăpânilor,
Mă astup."[1]

E seară deja și a obosit în sfârșit. I-au înghețat mâinile, fața, ochii, nasul, dar nu se îndreaptă spre casă. E mai bine așa, în mișcare, zgomotul străzilor, ritmul pașilor, fețele oamenilor și replicile din dialogurile lor o țin în prezent și prezentul e ăsta: ea, bântuind prin oraș.

Cu Ioana, demult, se plimba de o parte și de alta a străzii, mergând în aceeași direcție, fiecare cu gândurile ei, fiică-sa cu căștile în urechi, ea, la fel, dar cumva împreună. Ioana îi trimitea câte o melodie și ascultau așa, erau fericite și nici măcar nu știau. Se opreau în vreun parc și povesteau sau intrau în vreo librărie și căuta versuri care să li se potrivească. Acum, ca să afle ceva despre ea, trebuie să-i cotrobăie prin cameră, să vadă ce postează pe Instagram, TikTok, să-l întrebe pe Ivan, să-i umble în telefon.

Mama, mama, nu mă lăsa aici, țipa Ioana când era mică și o ducea la grădiniță. Și nu o lăsa, știa și ea ce înseamnă să fii părăsită. Singură.

---

[1] Din *În numele tatălui – o antirugăciune*, Veda Popovici, în *Arta revendicării. Antologie de poezie feministă*, coord. de Medeea Iancu, Editura frACTalia, 2020 (n.a.).

Primele luni au fost un du-te-vino, până a pus maică-sa piciorul în prag și a zis o duc eu, cu mine nu o să facă scandal.

Mama, mama, nu merg în tabără fără tine, mama, nu pot fără tine, mama, te iubesc. Cu cât auzea asta mai des, cu atât creștea teama că fiică-sa nu se va descurca niciodată fără ea. A stricat-o, nici măcar o mamă bună nu poate să fie, s-a speriat, dar le-a salvat Nana, plec eu cu ea la Sovata și o să vezi că o să fie bine.

Și așa a fost. Ea a plâns acasă de dorul Ioanei toată săptămâna, când vedea copii în jurul ei îi dădeau lacrimile. În fiecare seară, la telefon, se abținea cu greu, dar ea părea bine, veselă și descurcăreață. Ce ușor se desprinde, s-a mirat. Apoi au venit ciuda, tristețea, oare așa o fi fost și cu maică-sa când a început ea să plece? Senzația aia de gol, de parcă nimic din jurul tău nu are suficientă valoare? Nimic nu e destul de concret și stabil?

În curând, Ioana va pleca și golul va deveni permanent. Și asta o sperie, se trezește noaptea și nu mai poate să adoarmă, ce o să facă ea când va rămâne singură? Sau, mai rău, singură și cu lumea maică-sii, alterată și stranie? Cum ar fi dacă pur și simplu și-ar lua niște haine, niște bani și ar dispărea și ea undeva?

Și merge în continuare. Sunetul telefonului nu o poate stresa. Vocea mamei care vrea acasă nu se aude, ultimele convorbiri au fost iar fără logică, mâine vin după tine, i-a zis ultima dată, deși e clar că n-are cum s-o ia acasă. Câteva minute de frig mai târziu, îl vede pe Răzvan într-un grup de oameni care intră într-un bar și se liniștește brusc, trage aer rece în piept, așteaptă câteva minute, și intră și ea.

După al doilea pahar cu vin, lucrurile au deja alt contur. Căldura alcoolului o ajută să se acomodeze cu spațiul, din colțul de la bar are cea mai bună deschidere. Răzvan e la o masă, pare ușor absent, deși femeia de lângă el încearcă să-i facă pe plac. Atingerile ei nu sunt deloc întâmplătoare, mâna care-i masează spatele, degetele cu care își îndreaptă șuvițele, buzele roșii, din ce în ce mai aproape, ochii lui cercetând-o curios. Ar ieși niște fotografii bune, se gândește ca să alunge dorința de a fi ea femeia aia.

Mereu a fascinat-o ideea de a fotografia ceea ce e vulnerabil. Gesturile, privirile rapide, nesiguranța care descompune figura cuiva. Felul în care lumina acoperă corpul. Bucuria care face pielea să-și schimbe culoarea. Spaima mică, din piept, care toarce ca o pisică. Hohotele și capul lăsat pe spate, somnul, pleoapele ridicate și alb-gălbuiul ochilor bolnavi.

Și totuși. Nu există ceva mai intens pentru ea decât să-și lase mintea ocupată de chipul lui Răzvan. Totul vine natural cumva, deși ar fi zis că a uitat cum e jocul ăsta. Se pare că nu, pentru că e suficient să treacă pe lângă el când iese la fumat, e suficient să-l atingă pe umăr și să-i zâmbească pentru ca el să vină afară în câteva secunde, să se amuze când îi spune că l-a urmărit, să plece, puține minute mai târziu, împreună.

Și câteva zile se hrănește din noaptea aia și realitatea pare ușor de suportat. Când ți-e frică, nu poți vedea altceva în afară de ceea ce te îngrozește. Ca și cum ai încerca să ghicești printre zăbrelele unui grad, nu ai perspectivă, i-a spus odată cineva. După noaptea cu Răzvan, a putut vedea puțin din imaginea de ansambu. Dar peste ea vine din nou teama. Și iar nevoia de a găsi pe cineva care s-o scoată din povestea asta. Spune-mi ceva, orice, îndrăznește să-i ceară Irinei, la librărie, am nevoie de cuvintele altora să rămân cu picioarele pe pământ. Poți să faci un exercițiu, i-a zis ea, scrii pe o foaie de hârtie niște emoții: frică, bucurie, furie, tristețe, durere. Desenezi un cerc.

Treci înăuntru emoțiile care ți-au fost validate în copilărie. Pe celelalte le așezi în afara lui.

Poate să facă, sigur, dar cercul la care se uită este gol. Liber. Ea nu trebuia să fie tristă. Nervoasă.

Ei nu trebuia să-i fie frică.

Ea trebuia să se bucure că era cu mama și cu tata, apoi doar cu mama, că avea o casă, că avea un copil, o slujbă și un soț, ești bine, ești bine, Elena, mulțumește-i lui Dumnezeu, îi zicea maică-sa furioasă.

EȘTI BINE.

Mama ta nu e rea, e doar obosită, îi spunea taică-su, seara, înainte de a o adormi. Ba e rea, rea, repeta îndârjită, tu ești curajos că nu taci și îmi iei apărarea, și-l strângea tare de braț. Tu ești cel mai bun tată, se lipea de el și adormea imediat. Corpul lui nu era moale, dar era acolo, solid și nemișcat, niciodată nu se ferea de îmbrățișările ei. Și, cu toate astea, dimineața, apărea amestecul de frică și admirație față de femeia care controla și domina tot. Mai ales pe ei doi. Prezența ei îi dădea siguranță, știa că va găsi o soluție pentru orice.

Mama era Vrăjitoarea locului. Sau Îmblânzitoarea. Nu-i era clar.

Suntem doar noi două, Elena, numai pe tine te am, i-a spus după moartea lui și s-a crezut importantă. Ele două, în sfârșit, o vedea și pe ea, o accepta și pe ea, și o vreme a fost bine. În afară de plânsul mamei din unele nopți. Nu pricepea de ce. De ce plânge după el, când mereu a auzit-o și a văzut-o certându-l, reproșându-i lucruri, nimic din ce făcea el nu era cum voia ea? De ce plângi?, a întrebat-o într-o noapte, furioasă, când s-a dus peste ea în cameră, și maică-sa a amuțit câteva minute. O să înțelegi mai târziu, i-a spus, dar uite că încă nu pricepe de ce. Teama de singurătate a îmblânzit-o pe maică-sa? Teama de moarte? Îi ține minte îmbrățisările agresive, puternice, niște strângeri-capcană. Dragostea ei, ca o respirație grea, îi apăsa tot corpul. Când rămânea fără aer, o împingea brusc, iar maică-sa ofta nemulțumită. Mă sufoci!

Și au venit alte frici și tristeți, când îi era mai bine undeva în afara casei, în afara ei. Dar la mine nu te gândești? Cu mine nu vrei să vorbești? Tânguielile din fiecare zi. Am întâlnit pe cineva care citește mai mult decât mine, i-a zis maică-sii când s-a îndrăgostit de Adi și ea a pufnit în râs. Cu poezia nu faceți casă, și adevărul e că nu au făcut. Ea a rămas însărcinată, deși nu era ce-și dorea, dar nici avort nu a avut curaj să facă, el a devenit mult mai pragmatic, au stat, o vreme, în apartamentul maică-sii, suficient de mare pentru trei persoane, dar incredibil de mic pentru patru. Au devenit niște adulți triști. Poate și de-aia a plecat el. Poate de-aia ar fi trebuit să plece și ea, dar nu și-a dat seama la timp.

Veniți cu mine, a insistat, veniți cu mine, dar dorința și nevoia s-au șters și au lăsat lucrurile așa.

Te ajut cu fata, te ajut cu munca, fac orice, numai nu pleca, spunea și maică-sa și abia propoziția asta, fac orice, a speriat-o atât de tare, că a luat-o și pe Ioana și a plecat. Nu prea departe, nu suficient de departe, nu cu Adi, doar la doar câteva străzi distanță. Dar tot era ceva.

De când e în spital, o visează. Multe dintre secvențe sunt obișnuite, seci: mama ei ștergând vasele, în bucătărie, udând florile. Vocea de la telefon spunând bună dimineața, într-un fel melodios, cu un a prelungit, mama pe fotoliul din balcon, citind ziarul.

Acum, însă, nu are în minte decât imaginea asta cu corpul ei chircit undeva, pe jos. Trebuie să o ridic, s-a repezit speriată, mama, mama, și când a reușit, ea și-a întors fața și ochii îi erau închiși. Nu pot să văd, zicea, și fața ei bătrână se schimonosea de groază. Elena, ajută-mă, dar nici ea nu a putut să-i desprindă pleoapele înțepenite. Sigilate. S-a speriat, i-a dat drumul și corpul a căzut bufnind pe podea.

În fiecare dimineață, totul pare în regulă câteva secunde, apoi imediat apare teama și realitatea ultimelor săptămâni i se derulează rapid în minte. Mama e la spital și acolo sunt doctori care îi pot descâlci mintea, să o facă să fie iar ea, se încurajează și umblă mecanic prin cameră. Deschide fereastra, ca să respire aerul rece, pe urmă o închide, să potolească tremurul, e normal să existe căderi, i s-a explicat. Dar cine mai crede teoria când realitatea înseamnă doar degradare? Și cine mai e ea?

Mai bine ai pune mâna și ai face curat în camera ta, ce-i aici?, cum vrei să chemi pe cineva la tine? Cum stai în mizeria asta?, îi zicea maică-sa când locuiau împreună și o vedea tristă. Dar cine să vină la mine? La ele nu venea nimeni niciodată, nici când trăia taică-su, nici după moartea lui. Mama ei nu avea prietene, pe care să le cheme la cafea, ea nu avea prietene, nici prieteni, doar oameni pe care îi vedea uneori și cu care schimba replici banale.

Într-una dintre curățeniile astea generale și obositoare a găsit niște poze vechi, în care părinții ei tineri erau altfel de cum îi știa... Inițial, pe taică-su nici nu l-a recunoscut. A întrebat-o pe ea, să fie sigură, da, el e, nici eu nu-l cunoșteam pe atunci, de-asta era așa fericit, s-a gândit imediat, apoi i-a părut rău.

Tatăl ei, râzând, la o petrecere. El, cu niște prieteni într-un restaurant, zâmbind. Ei doi, la mare, maică-sa puțin crispată, cu spatele drept, el cu țigara în gură, asta e din primul an împreună, vezi că scrie anul pe spate. Scria altceva: pui mic. Pui mic? Așa îmi spunea el, a venit răspunsul și i s-a părut ireal, nu putea concepe că a existat o zi măcar în care părinții ei să se fi alintat. Să se fi purtat ca niște îndrăgostiți.

Unde l-ai cunoscut? Pe plajă, printr-o colegă. Și? Și am vorbit o vreme, ne-am căsătorit, am rămas gravidă, dar n-am vrut copil, nu eram pregătită. A insistat el. N-ai vrut copil, adică pe mine, nu?

Mi-a spus Irina că ai niște probleme cu mama ta, poți să îți iei câteva zile libere. Nu e nevoie, o să-mi fie mai rău, răspunde încet. Știi cum e, clienții noștri, stăpânii noștri, ei își aduc copiii în librărie și cred că sunt în siguranță și tu i-ai speriat, chiar ai nevoie de câteva zile ale tale.

Prima dată nu înțelege pe cine și când a speriat, dar vocea neutră a șefului continuă cu detalii. Dragoș, pe care l-ai repezit și la librărie, și care a răcit, că ți-a venit ideea să-i scoți în ger și să vă așezați pe zăpadă. Mama lui a făcut o reclamație, uite aici și-i întinde o foaie A4 cu scris ordonat și lunguieț, din care nu pricepe mai nimic, iresponsabilă, scrie acolo.

Ce prostie, îi trece prin cap, oricum, adaugă vocea, ia-ți liber și liniștește-te puțin, apoi omul se ridică, semn că întâlnirea s-a încheiat. Să se bucure deci, asta ar fi concluzia, ar trebui să se ridice și ea, dar se simte obosită. Îi observă buzele prin care ies și alte cuvinte, dar nu le mai aude, vede doar ochii lui albaștri și reci. Copiii nu se sperie așa ușor, ar vrea să spună, doar că el iese deja, încurcat, lăsând-o singură în birou. La asta chiar nu se aștepta. Ce să facă cu timpul ăsta, mai ales acum, cu ce fapte, nu gânduri, să-l mai umple?

Și libertatea recent dobândită e ca o plastilină uscată, pe care nu o poate modela. E ca ceața groasă, umedă din dimineața asta, când înaintează greu prin parc, dar îi place cum se văd așa, ca niște fantome, leagănele, toboganele, castelul mare, din lemn, în care venea cu Ioana să se joace când era mică. Uneori ea citea, fiică-sa își făcea culcuș pe podea. Erau ore când nu mai venea nimeni și-și puteau că imagina că spațiul era al lor, suntem niște prințese, mami, ne trebuie cai!

Și iar durerea de cap, ritmul aleatoriu în care pulsează o sperie, nu va ceda până când nu va lua o pastila, încă una, și presiunea se va împrăștia aiurea prin corp.

Nici măcar să facă poze nu e în stare. Doi oameni se-ndreaptă spre pădure și siluetele lor ca niște schițe o întristează. Un câine scoate aburi pe nări, aleargă în zigzag. Ceva de genul ăsta i-ar trebui și ei, oboseală fizică, epuizare, mai bine mergea la sală, să aibă trupul rupt de durere, dar mintea să-i fie întreagă.

De când e maică-sa la spital, orașul a devenit o hartă cu puncte vulnerabile. Știe pe de rost locurile în care a aflat informații despre starea ei. Veștile nu sunt bune, i se transmite, veștile nu sunt bune și de-asta umblă mereu, nu se oprește, are senzația că face ceva, dar ce face nu e suficient, e pe lângă realitatea mamei, e pe lângă orice formă de realitate.

În fiecare zi întâlnește o groază de oameni care merg repede de colo-colo, dar niciunul nu știe ceva adevărat despre ea. Despre zilele negre și nopțile albe, despre dorința pentru un bărbat al cărui nume de familie nici nu-l cunoaște, dorința care-i usucă gura și corpul și pe care nu poate s-o mai ascundă. Despre fiică-sa, care va pleca de acasă. Despre mama ei, care delirează și în delir o alintă, o iubește și-i spune ce și-ar fi dorit să audă acum treizeci și ceva de ani. Despre ce și cu cine se poate vorbi?

Și dacă, până la urmă, nu e rău nici așa, să fii anonim? Invizibil. Nici ea nu are habar ce e în capul femeii îmbrăcate într-o haină galbenă, care traveresează aiurea strada, trăgând după ea un băiețel supărat. Nici motivul pentru care zâmbesc niște adolescenți, pe role, nu-i e cunoscut.

Doamna Oprea? În autobuz e înghesuială, iar femeia a venit prea aproape, furându-i aerul. Mă bucur că vă întâlnesc, de mult vreau să vă întreb despre Ioana, nu a mai venit la școală de două săptămâni, ce se-ntâmplă cu ea?

Privirea insistentă a dirigintei fiică-sii și nerăbdarea cu care așteaptă un răspuns o iau pe nepregătite, nici nu știe ce minciună să spună, nici nu se pricepe, de fapt. Așa că îi povestește totul, de la început. Despre internare și infecție, despre refuzul Ioanei de a mai merge la facultate, despre Ioana și Ivan, despre ea și Tudor, doar de Răzvan nu, și femeia o ascultă, nu o întrerupe, nu o judecă, dar la sfârșit aude îmi pare rău și regretele astea, venind de la cineva străin, o întristează și mai tare.

Ce chestie inutilă, să spui totul și să nu primești nimic, o să mă ocup, adaugă pe un ton ferm, ca să contracareze amărăciunea. O să mă ocup, repetă și, profitând că autobuzul s-a oprit în stație, coboară și se pierde printre ceilalți.

Abia după ce se dezmeticește își dă seama în ce zonă e, se hotărăște să deschidă aplicația, fiică-sa e un punct în mișcare undeva prin centru, mărește harta și pornește după ea.

Ioana e singură și intră prin magazine, două second-handuri, unul cu bijuterii hand-made, într-o librărie, se așază undeva la etaj și răsfoiește deja de o oră niște cărți. E din ce în ce mai frig afară, ar intra și ea, dar întâi o sună. Nu răspunde la primul apel, nici la al doilea, insistă, în sfârșit se alege cu un da răstit. Ce faci?, cum ești?, pune exact întrebările care o enervează. Sunt bine, mai am o oră și mă duc la bibliotecă, e un răspuns sigur și clar, aproape că nu-i vine să creadă.

Se chinuie să găsească un loc din care să vadă mai bine înăuntru, poate nu e fiică-sa, o fi altcineva, dar nu, e ea, cu geaca verde, Adidas, părul șuvițat multicolor, o vede prin obiectivul aparatului cum dă rapid paginile cărții. Îi face și câteva poze, oare ce-o fi căutând, se întreabă. Hai că intru la Fizică și, până să răspundă și ea, a închis. E acolo, citind, și o jumătate de oră mai târziu, când și cum s-a transformat într-o mincinoasă așa de bună?

Simte furia, nerăbdarea, ar intra în librărie, s-o facă de râs de față cu lumea. Își bate joc de ea mai nou, tocmai când are atâtea pe cap, dar imediat, ca o avalanșă, vocea maică-sii: îți bați joc de mine, Elena?, asta e recunoștința ta? Se sperie. Ea nu e maica-sa, nu, deschide telefonul, caută Ioana pe Whatsapp și-i lasă un mesaj vocal: te iubesc. Nu că iubirea ar putea rezolva mare lucru, îi trece prin cap, doar voiam să știi, spune cu glas tare și, în scurt timp, mânia se domolește și se scurge la picioarele ei.

Mari fulgi de zăpadă vin peste ea în vertij, nu mai vede în jur, dar e plăcut să meargă așa pe străzi, cu ochii aproape închiși. Cum ar fi să plece? N-au decât să facă ce vor. Ar putea merge în Islanda, câteva săptămâni, o lună chiar. Ar putea înota sau ar putea urca pe munte. A văzut un documentar mai demult cu doi tipi care și-au propus să se retragă o vreme și să mediteze. Ea nu are nevoie de nimeni și nici de meditație, vrea doar să fie singură. Ar trebui doar să sune o dată pe săptămână la poliție, să se știe că trăiește, ei așa făceau. Sau a mai aflat de o insulă mică și aspră, Kaffeklubben, cel mai nordic punct de uscat. Un iglu, ea și capătul lumii.

E noapte și lumea doarme un somn adânc, exact ce își dorește și ea, dar nu se poate, de câte ori ațipește, se trezește speriată și imaginile din jur alunecă mai repede și mai repede.

E bine, își spune și se ridică pe marginea patului. E bine, respiră de câteva ori adânc, până realitatea se așază într-un cadru stabil, merge la bucătărie, bea o cană cu apă, apoi deschide ușor ușa de la camera Ioanei. Ivan e lângă ea, pe jumătatea de la perete, care mai demult era partea ei. Și-i vine să-l trezească și să-l dea afară din casă, dar știe că odată cu el ar pleca și Ioana, așa că stă în prag și o privește cum doarme. S-ar duce lângă ea în pat și ar strânge-o în brațe, s-ar lipi de corpul ei sănătos și tânăr, ar respira în ritmul ei, ar deveni ea, dacă ar putea.

La spital nu răspunde nimeni. La spital oricum nu se face nimic duminica, îi spune Ivan, sunt doar niște asistente și un doctor de gardă, care nu acoperă secția. Poate doar cazurile grave, dar maică-sa nu e așa, maică-sa e doar bătrână.

Închide ochii și-și imaginează că e la mare, pe o plajă sălbatică, înecată de zăpadă. Un soare mare și alb domină orizontul. Nicio adiere, niciun sunet.

Vezi că ieșim puțin, ne vedem mai târziu, strigă Ioana și liniștea se preschimbă în așchii.

Afară e viața și înăuntru e ea. Ce versuri o mai salvează acum? Unde să caute răspunsuri? Mai bine să stea așa, întinsă pe pat, ce nu te omoară, te face mai puternic. La un moment dat trebuie să se termine, se încurajează, încercând să respire regulat, dar nici asta nu-i iese, pentru că de fiecare dată când e atentă la felul în care respiră, resimte o tensiune în corp și asta o panichează.

Aude bipăitul telefonului, sunt două rânduri de la Răzvan. Citește: te-am visat și mă gândesc la tine. Ce mai faci?, recitește de câteva ori și închide telefonul, fericită.

Mă gândesc la tine, ce mai faci? Și, oricât ar vrea să ignore, mesajul o bântuie ziua întreagă, îl recitește până devine o mantră.

Ai mai vorbit cu taică-tu în ultima vreme, o întreabă pe Ioana, dimineața, amânând iar discuția despre absențe, normal, la el plec, ți-am spus, mai zici de Nana că ...

Când i-o fi spus?, nu-și aduce aminte, de parcă toate zilele sunt blurate. A zis că mă așteaptă cu Ivan, mai spune și iese pe ușă, replica fiică-sii o izbește în piept și câteva secunde nu are aer. Din nou Ivan.

Noi n-am plecat atunci, dar pleacă ea.

Nu l-am ales pe Adi, am ales-o pe mama.

Maică-sa ca o caracatiță cu brațele peste ea, sufocând-o, maică-sa cu boala ei, cu spaima ei de singurătate, de-aia te și urăsc câteodată, mamă, îi vine să strige, m-ai vrut mereu lângă tine și uite unde am ajuns.

O urăște, da, te urăsc, spune cu voce tare în casa goală, TE URĂSC, strigă iar și sunetul telefonului o sperie. Inițial, literele fug din fața ochilor, înțelege greu și apoi stă o vreme așa, citind iar și iar aceleași cuvinte:

starea Mamei este f gravă...

nu sunt sa se

sa se

sanse

este în comă.

E numai vina mea. Se așază încet pe covor. Mandalele colorate îi joacă în fața ochilor și se combină după reguli necunoscute. Inspiră, expiră, nu e momentul să să i se facă teamă, sunt multe de făcut, hai, Leia, ridică-te, ia haina din cuier și pleacă. Dar corpul nu se lasă păcălit de minte și refuză orice mișcare. Privirea rămâne agățată de globul disco din tavan, și camera toată devine un glob și mai mare, care se rostogolește odată cu ea.

Nici nu știe cât a stat așa, amorțită, Leia, i se pare că aude glasul mamei, deși știe că nu e ea, maică-sa nu-i zice așa niciodată. Leia, îi sună în cap în timp ce se-ndreaptă încet spre spital, o claxonează mașinile când trece aiurea, ești nebună?, futu-ți morții mă-tii, strigă cineva după ea, dar nu se oprește. Ajunge la intrare, îl ignoră pe paznic, urcă, doamnă, nu aveți voie, opriți-vă, trebuie să o văd, îi spune primei asistente pe care o zărește pe hol. Trebuie să o văd.

Există un protocol, i se explică de câteva ore încoace, e târziu și întuneric, iar moartea maică-sii face parte dintr-un protocol. Sigur, trebuie urmate niște reguli, sigur, numai că nu renunță, stă acolo și așteaptă afară, trebuie să se schimbe ceva, nu mă mișc până nu reușesc.

Și lucrurile se schimbă când vine Ioana. Totul o ia razna când le vorbește tăios, amenință cu presă, internet, sistemul vostru medical de căcat a adus-o pe Nana în starea asta, sunteți niște monștri, strigă la femeile în alb, care au înlemnit câteva secunde, apoi șușotesc, forfotesc, bâzâie ca niște insecte înnebunite. Trebuie să vă îmbrăcăm, aveți cinci minute, o singură persoană, ne-nțelegeți, ne pare rău, și Ioana o lasă pe ea.

Și e aproape ca-n filmul la care s-a tot uitat săptămânile astea. Femeia detectiv se costuma așa când ajungea la locul crimei. Puneți două măști, două perechi de mănuși, aveți grijă să nu atingeți ceva. E ca un cosmonaut, să nu plângeți, că o speriați, dar e în comă, se mai poate speria? Ah, sunteți pentru doamna Oprea, îmi pare rău, atunci nu-i problemă. Deci poate să și urle, dacă vrea, nu mai are importanță, am venit, mamă, să mergem pe Lună, își spune și urmează cu pași hotărâți indicatoarele spre ATI.

E o comă ușoară, i se zice, dar nu înțelege. Cum adică ușoară? Mama ei e într-un pat, respiră, pare că doarme, o altă femeie se chinuie să facă în ploscă și încă una, dezorientată, privește la un punct fix, în perete. Viața se scurge din cele trei corpuri și nimeni nu face nimic ca să nu. Ce cuvinte să spună? Nici măcar nu o vede, și dacă ar putea, probabil că nu ar recunoaște-o camuflată așa, albă și mare ca o nălucă.

Încă nu e intubată, poate își revine totuși, îi trece prin cap și îi strânge mâna, dar prin plastic nu simte nimic. Mama, îi spune ușor, e caldă, zice infirmiera, și-apoi: au trecut cinci minute, puteți veni și mâine.

E caldă, repetă și ea, după ce o vede a doua zi, din nou situația e neschimbată, mama ei e într-un somn profund și totul a încremenit. Își mușcă buzele, ca să nu plângă, e OK, mai bine să doară fizic decât psihic, mai bine în afară, decât înăuntru. E OK să fim speriate azi, mama, are iar cinci minute să spună ceva și iar nu știe ce. Parcă niciun gând bun nu se poate agăța de un altul, așa că doar stă și lacrimile îi udă măștile, trebuie să plecați.

Te descurci?, o întreabă fiică-sa când iese, da, da, dă din cap mecanic, eu plec, mă așteaptă Ivan, mai zice, ne vedem acasă.

Se descurcă, da. E o lumină puternică, soarele face ca zăpada să pară strălucitoare, vede puncte negre alunecând peste tot, stricând orice imagine. Trec oameni și mașini stânga-dreapta și în mijlocul hărmălaiei a aterizat ea imobilă, rece.

Cum de sunt toate la fel ca-n fiecare zi? Rulează aceleași imagini, semaforul verde-roșu, mașinile în șir, oamenii în șir, cerul, soarele, zăpada, frigul, clădirea mare a mallului. Timpul nu mai trece pentru ea, nici pentru maica-sa, sunt înțepenite, împreună, de o parte și de alta a unei semi-vieți sau cum s-o numi ce se întâmplă acum.

Mama mea e în comă, ar spune cuiva, poate femeii roșcate, care stă cu spatele la ea sau bărbatului din Audi, care o claxonează să traverseze, deși ea n-are de gând. E în fața trecerii de pietoni, sprijinită de un stâlp. Nu e ceva surprinzător, de fapt, și mamele voastre vor muri la un moment dat, și voi veți simți asta, oamenii ăștia sunt morți în devenire, Leia, nu trebuie să te sperii, mama ta e doar cu câțiva pași mai în față. Are un avans.

Leia, aude o voce venind de undeva din dreapta. Leia, și fața zâmbitoare a Petrei se apropie foarte tare de ea, mi-a fost tare dor de tine, ești bolnavă? De ce n-ai mai venit la cerc? Nu poate să spună nimic. Bărbatul în vârstă, care o ține strâns de mână, pare încurcat. Bunu, ea e Leia, îmi pare bine, spune și dă din cap. Te plimbi puțin cu noi? Te roooog și se trezește deja ținând-o de mână, pășind după ea pe cărarea care duce spre parc.

Tu știai că albinele, viespile și furnicile sunt rude?, o întreabă brusc, am învățat la grădi. Nu, nu știa, și mai am aflat și alte chestii, turuie în timp ce se așază amândouă pe o bancă, iar bunicul pleacă să cumpere covrigi calzi. Ce mă bucur că nu ai murit, când bunica a fost bolnavă, a murit, am crezut că și tu...

Eu sunt bine, Petra, încă nu mor. Și-o să mai vii la cerc? O să mai vin și la cerc. Și-o să mai mâncăm flori de salcâm, cum am mâncat vara trecută, mai știi? Știe.

Vara trecută încă mai ieșea cu Ioana la cafea și povesteau, maică-sa habar nu avea că o să ajungă în comă, în weekend mergea cu Tudor în munți.

Vara trecută se trezea mereu înainte de răsărit numai pentru a fotografia lumina albastră, întunecată, care se desfăcea în straturi. Când apărea soarele, se întorcea în pat.

Doar una-două, cum ne-ai spus tu, să nu ne doară burta, vrei?, insistă fetița. Vrea, numai să vină vara aia, își zice și îi strânge tare mâna înghețată, hai să facem un om de zăpadă! Și bulgării se rotunjesc și cresc, Petra abia-l mai mișcă pe unul, ce gigantic!, zice, să facem și o cazemată, mai spune și abia gândul ăsta o trezește, da, o cazemată ar fi bună. Sau un iglu în care frica să se topească.

Vorbesc cu tata, îi spune Ioana când ajunge într-un final acasă, obosită. Îi tremură picioarele de la mersul concentrat. Gheața o sperie de când maică-sa a căzut odată, demult, direct cu capul de trotuarul bocnă. Câteva minute nu a știut ce e cu ea, mama, sunt Leia, mama? Apoi și-a revenit și-au pornit spre acasă. Seara a mai întrebat-o încă o dată știi cine sunt?, iar ea s-a enervat, du-te de aici, nu vezi că am treabă?

Vorbesc cu tata, îi repetă Ioana și imediat vrea să închidă ușa, dar nici ea nu se lasă și intră, se duce spre laptop și-l salută pe Adi. Stau așa, câteva secunde în tăcere, îmi pare rău pentru mama ta, Leia, spune el, apoi Ioana se-ntoarce spre ea, o să plec după bac.

O să plece, până la urmă, o să plece, el pare nerăbdător, ea, la fel, o să rămână singură, bine măcar că a convins-o să dea examenele, se putea și mai rău. Și, ca să nu o apuce plânsul, se uită fix la peretele din fața ei. Sunt fotografii pe care le-a făcut când erau fericiți, cu Ioana, la mare, cu Ivan, cu maică-sa, bătrână și cochetă, stai să mă aranjez puțin, zicea, nu pot să apar așa în poze.

E bine că Ioana are un tată și că pleacă la el. Are un tată cu care poate discuta oricând, și i-ar mulțumi lui că o sprijină, dacă nu i-ar fi teamă că devine patetică. E Adi dincolo de ecran, tonul lui blând, ca de obicei, zâmbetul, vocea joasă, Adi, care are o altă soție și alți copii. Adi din Quebec.

Vin și eu la tine, i-ar spune, vin și eu, dar își sugrumă în gât replica, așa cum bunică-sa îneca puii de pisică la gârlă înainte să facă ochi și să vadă lumea. Vin și eu, e bine că nu se aude nimic, se ridică și iese.

Îți place?, aproape de încheietura mânii drepte, Ioana are un tatuaj cu o zână mică și trei stele în jurul ei. Astea suntem noi. Noi? Stelele? Eu, tu și Nana. Ce ți-a venit? Tu, care taci zile întregi și te porți de parcă nu exist, ai acum un tatuaj cu mine, îi vine să-ntrebe, dar i-e teamă c-o sperie. Ai fost foarte curajoasă la spital, îi spune și se așază lângă ea, la masă, și tu ești, mama, îi răspunde pe un ton blând.

Ninge și lumina zăpezii de afară inundă bucătăria.

Nici Ioana nu pare bine, amețește, apoi, după câteva secunde lungi, vine și explicația. E normal, așa a spus doctorul, ce doctor?, ginecologul, săptămâna trecută am făcut un avort.

Avort?, cum adică avort?, iar cuvântul rostit o sperie și mai tare. Avort? Vede privirea fixă a fetei și prima palmă pe care i-o dă o surprinde și pe ea, apoi a doua, zgomotul o agită și mai tare, de ce îi zice tocmai azi chestia asta?

Strânge rapid pumnii, ca unghiile să intre în carne, fața Ioanei e albă, cu urme roșii de la degetele ei, fata nu zice nimic, se uită pur și simplu la ea.

Cum ai putut?, urlă cu o voce pe care nu o recunoaște. Tu nu vezi câți corbi negri se adună în fața blocului? Nu auzi cucuveaua care țipă noapte de noapte și, dacă nu țipă, șuieră, și, dacă nu șuieră, suflă încet, cât să o poți presimți?

Numai o viață nouă ne putea salva din moartea asta care nu mai vine, copilul era un semn bun! Te ajutam eu, îl creșteam eu, și nici nu-și dă seama când a început să se plimbe de jur împrejurul ei și să strige. Îi simte doar ochii reci, care scormonesc în ea, mâna hotărâtă, care o dă la o parte. Întotdeauna e vorba despre tine, îi spune, iese și închide ușa. Și se așază un soi de liniște, dacă așa se poate numi absența oricărei forme de viață.

Câteva ore mai târziu, e în bucătărie, pe scaun, amorțită, nu-i iese din cap că în corpul Ioanei creștea un alt corp și ea nici măcar n-a știut. Dar a știut maică-sa, a știut Ivan, a știut Adi, și toate astea le află de la Ivan. Cum de nu i-a zis nimeni ce se întâmplă?

Când a fost însărcinată, maică-sii i-a spus prima dată, nici ea nu a fost pregătită și totuși n-a renunțat. A trecut de lunile alea cu amețeli, cu vomă și cu stări ciudate, a lăsat facultatea, s-a măritat, ca să fie bine, să aibă copilul tată și mamă, și n-a fost. Înțelegi?, îl întreabă pe Ivan, dar e clar că nu, cine poate să-i mai urmărească logica? Băiatul spune clar: nu l-a vrut, poate că e mai bine așa. Nu e mai bine așa, n-are cum.

Ivan se ridică și pleacă, aude șoaptele pe hol, ușa închizându-se, iar casa rămâne doar a ei. Și furia abia atunci vine în valuri, se repede în camera Ioanei, smulge pozele de pe pereți, smulge cearșaful de pe pat, și-ar smulge și pielea de pe ea, dacă ar putea.

Să treacă noaptea asta, tremură în pat, deși e învelită cu două pilote, dar timpul abia se târăște. La fel și vocea moale a asistentei la prima oră: să veniți să-i luați lucrurile. La început nu a înțeles despre ce lucruri e vorba, sunt aici, la recepție, au mutat-o în container, la intubați, v-am zis că e în comă, vă dați seama...

Nu-și dă seama. Abia mai târziu vede sacul mare și galben, de plastic și doar aruncă o privire spre el. Pijamale, pastile, ochelari, telefon, cutii de mâncare, hârtie igienică, papuci de casă cu ciucuri. Practic, au mutat doar un corp inert dintr-un loc în altul, îi trece prin cap.

Nici măcar pastilele nu i le-au dat, deși tratamentul ei e pentru bolnavi cronici, trebuie luat în fiecare zi, încearcă să-i spună portarului.

Mama dumneavostră e în comă, nu mai are nevoie de ele, adaugă asistenta, și eu ce nevoie am?, ar întreba. Nu-i vine să le atingă, nici măcar telefonul ăla, care tocmai a început să sune, cine știe cine și de ce, mama e aproape moartă și cineva o caută fix azi.

Vorbiți?, aude vocea portarului și dă din cap că nu. Își pune mănușile de unică folosință, apucă sacul, iese pe ușă, pașii găsesc rapid primul coș de gunoi, apoi piuitul unui mesaj o înțepenește. Ce sens are porcăria asta, lucrurile care atârnă în mâna ei, coma, de ce nu a putut să moară pur și simplu?

Într-unul dintre containerele mari și albe de care s-a speriat de la bun început e mama, iar ea, afară, trasează de două seri niște cercuri, înconjurând curtea spitalului. Aici nu o mai lasă nimeni să intre și i se pare ciudat că încă poate să așeze pas după pas când dincolo, la câțiva metri, pe un pat, mama ei e legată de tuburi ca să poată respira.

Nu trebuie să te sperii, șoptește, e doar un somn mai adânc, așa am citit, organele vor ceda în cele din urmă. În casa noastră arde o lumânare, în casa ta arde o lumânare, îi spune în gând, pâlpâirile lor te pot ghida.

Pisica neagră, din fața blocului, se alintă la picioarele ei. Alungă tu spaima, Luna, îi spune de fiecare dată când se întoarce de lângă spital, dar acum o ia în brațe și o strânge cât poate de tare. Toată dragostea ei înghesuită într-un singur gest. Luna se zbate și o zgârâie, pe mâini are sânge, vino cu mine, ghicește vocea lui Răzvan și merge ca un orb după sunet, ce altceva ar mai fi de făcut?

Urcă scările, trec pe lângă ușa ei, urcă mai departe, la numărul nouă, el deschide, intră, apartamentul e mare și curat. Nu mai merge la niciun spital, se hotărăște brusc, nu mai merg, îi spune și lui când o privește lung, n-are sens, e-n regulă, poți să rămâi aici.

Ca să-i fie mai ușor, împarte zilele în funcție de zgomotele pe care le aude.

Diminețile, ascultă șuieratul din țevi când cineva pornește apa caldă. Mașina de gunoi și bufniturile, cântecul cocoșului, care vine de undeva din curțile vecine, guguștiucii, radioul și vocea blândă a crainicei, a fost ora 07:00, aici Radio România Actualități.

După-amiezile sunt mai intense. Sunt vocile elevilor de la liceul de vis-à-vis, care vin să fumeze în parcarea din spate, înjurăturile lor, flirturile, pe care le bănuiește din replici, neastâmpărul. Zgomotul mașinilor, claxoanele, sirenele, soneria de la Mega, când este chemat un vânzător să deschidă o casă de marcat, scârțâitul ușilor pe șină.

E un vuiet neîncetat, sunt ritualurile vecinilor, pe care a ajuns să-i identifice după încălțăminte. Pantofi, tocuri ascuțite, bocanci. Câteva etaje etaje mai jos, Ioana ar auzi și ea aceleași lucruri, dacă ar fi atentă. Doi kilometri mai departe, mama ei nu aude nimic, deși continuă să existe oarecum.

Serile se lasă din nou o tăcere perfectă. Poate de la zăpadă și ninsoare, poate de la somnul celorlalți. Nu îi mai e așa frică, nu a înnebunit, așa cum se temea la început, nu a murit, poate să reziste chiar așa, nicio mască de construit, niciun rol în care să intre, nimeni de păcălit.

Ce vrei să te faci când vei fi mare, Leia?, o sâcâiau mult prea des adulții când era mică și ea nu știa ce să le răspundă. A ajuns mare și tot n-are habar ce ar vrea să facă. Știe doar că îi e mai bine în locul ăsta străin, în camerele prin care se plimbă de zeci de ori pe zi și în care citește din singura carte pe care o poartă mereu după ea:

„Pe urmă nu mai este niciun pe urmă, dar nici vreun acum, și nu mai este nici moarte“[1].

Cu Răzvan își dă voie să vorbească despre orice. Și din gura ei ies uneori, intercalate, imagini:

mama, care a luat lecții de înot, deși probabil era ultimul lucru pe care l-ar fi făcut la patruzeci de ani, dar dacă Elena vrea..., a auzit-o explicându-i unei vecine;

mama, care a alergat-o cu o linie lungă, de lemn, să-i dea peste fund că și-a dat cerceii de aur pe cinci cărți de Cioran, când era în liceu;

mama, pentru care dragostea însemna să-și apropie genele de obrazul ei de copil și să le fluture, gâdilând-o;

mama ei, în toate secvențele astea, vie, respirând, umblând, vorbind, țipând.

Ce o să mă fac?, l-ar întreba pe Răzvan, dar se abține și nici el nu zice niciun cuvânt, doar o privește, ca un om care înțelege, și se poate mulțumi cu atât. Rămâne așa, cu jumătăți de gânduri, jumătăți de imagini, oprește totul și o ia de la capăt.

E în afara lumii, nu răspunde la telefon, nu discută cu nimeni, doar Ioanei i-a scris un mesaj și atât. Ar dormi zile întregi, un somn adânc, dar, cum închide ochii, și-o imaginează pe femeia care respiră prin tuburi. Femeia care a avut o viață despre care ea nu știe mare lucru. Femeia care a născut-o și care, de câteva zile, refuză să moară. Ce ar putea povesti despre ea când presupunerile sunt vagi și refac

---

[1] Din *Cele mai frumoase poezii*, Mircea Ivănescu, Editura Humanitas, 2023 (n.a.).

doar niște scene din cioburi, amintirile ei ca-ntr-un caleidoscop, cine mai știe adevărata poveste?

Seara, când se întoarce Răzvan, orice e rău dispare. Vrea să se piardă în el, să fie una cu el, e convinsă că asta e viața adevărată și dincolo, în container, e moartea adevărată și se miră și ea că lucrurile pot exista în același timp și că le poate simți cu aceeași intensitate.

Răzvan o roagă să mănânce.

O roagă să se uite la televizor sau să citească.

Când o ține în brațe, noaptea, îi dau lacrimile. Alteori scâncește sau respiră scurt, sacadat.

E ca o fantomă, se sperie într-o dimineață. Unde sunt oamenii ei? Nana? Fiică-sa? Poate doar și-a închipuit viața cealaltă. Și frica o înfășoară strâns în timp ce se îmbracă rapid, iese, bate în ușă la numărul trei, Ioana, strigă, Ioanaaa, dar nu răspunde nimeni, nimeni, deci e adevărat, apoi aleargă spre blocul maică-sii.

Și abia acolo e acasă. Mintea revine la loc, lucidă, corpul se liniștește ușor. Zeci de ani în spațiul ăsta, cu taică-su și fără el, cu Ioana, dar mereu cu ea. Casa asta e ea. În felul în care stau așezate, ordonat, abțibildurile pe frigider, hainele și cutiile, pantofii, umbrela, cărțile, florile în ghiveci. De când e la spital, nici măcar patul nu l-a făcut, nici cana de cafea nu a spălat-o, zațul a mucegăit pe fund, cămașa de noapte e pe marginea scaunului, exact așa cum a lăsat-o înainte de a pleca.

Se întinde pe pat și se holbează la crăpăturile din tavan. De câte ori a plâns stând așa când era pedepsită cine mai știe pentru ce? Ești om mare, Leia, te descurci, nu ai nevoie de nicio mamă care să te ierte și să-ți spună te iubesc, ea are nevoie de tine și tu nu știi ce să faci.

Totul trebuie să meargă înainte, nu înapoi. De-aia nu îi răspunde nici lui Tudor la telefon. De-aia se strecoară pe lângă ușa apartamentului în care a rămas Ioana și în care a bătut disperată câteva ore în urmă, dar acum nu mai vrea să intre și poate e mai bine așa. De-aia se întoarce la Răzvan.

Ne uităm la ceva?, o întreabă, seara, și ea găsește un documentar despre un bărbat care se duce să recupereze corpul fratelui său, mort mai demult în Everest. Și e ciudat oarecum să vadă filme și munți la televizor cu altcineva în afară de Tudor, nu-și dă seama de asta decât atunci când, în loc să spună Răzvan, zice Tudor. Se sperie, e normal, crede Răzvan, dar dacă realitatea e de fapt o glisare de imagini, ce nu-ți convine, dai mai departe și apare altcineva, altceva? Și apoi planurile astea se încurcă?

De ce s-ar duce tipul ăla după atâția ani să aducă acasă un mort tocmai de acolo? Sunt o mulțime de cadavre pe vârfurile și prin văile alea, pe-al fratelui nici nu l-au găsit, până la urmă, au identificat un altul, al unui șerpaș.

Plânsul fetiței din film când și-a văzut tatăl înfășurat în sac îi sfâșâie inima, plânsul ei, din fața blocului, de acum treizeci de ani, când a văzut cum taică-su e scos pe targă, respirând greu. Când a auzit-o pe maică-sa pentru prima dată urlând. Și în loc să se ducă spre ea, spre Salvare, spre casă, a fugit în direcția opusă. Au găsit-o mai târziu în parc niște vecini și-au adus-o înapoi, noroc că nimeni nu avea nici timp și nici chef să o certe.

Dacă ea ar muri pe munte sau undeva departe, ar veni oare cineva să o ia? Ai veni după mine?, îl întreabă pe Răzvan, iar el o strânge în brațe. Și orele trec, deși ei, uneori, i se pare că nu. Încă rezistă, încă mănâncă, încă vorbește, încă e vie.

E dimineață. Una ca oricare alta, soarele a răsărit la 07:54 și o să apună la 17:48.

În Lisabona, orașul visurilor ei, e 09:00.

I-ar plăcea să fie o zi normală de joi. Să se plimbe pe străduțe întortocheate, să fotografieze un tramvai, niște pescăruși, niște ziduri decolorate și scorojite.

Să asculte fado într-o cârciumă și să bea vin.

Nu-i răspunde lui Tudor la telefon, e devreme, n-are chef de conversații grele, n-are chef de nimic. Apoi aude vocea Ioanei, trebuie să o văd, trebuie, și, în timp ce se îndreaptă spre ușă, distinge cuvintele clar: a murit Nana.

A murit, mai spune o dată. Te-a căutat Tudor, l-a anunțat verișoara lui mai devreme.

Și totul se întâmplă lent, Răzvan o îmbrățișează, ea se desprinde, își ia haina, se încalță, o ține de mână pe Ioana și pornesc împreună spre spital. Pe drum primește și telefonul oficial. Bună dimineața, doamna Elena Oprea?, ne pare rău să vă anunțăm, mama dumneavoastră a murit astăzi, la ora 06:00.

Mama mea a murit, își spune de câteva ori, dar astea sunt doar niște vorbe care nu înseamnă nimic. Realitatea n-are cum să încapă în ele.

Trebuie să mergeți la morgă, așa e procedura, i se spune după ce ia actele din spital. Se duce spre clădirea gri din curte, iar Ioana așteaptă cuminte pe bancă. Ninge și e un frig ușor, care doar o amorțește. La intrare nu e nimeni, după câteva minute apare un bărbat, care o conduce spre o ușă, apoi spre alta. Pe cei cu Covid îi avem în saci, îmi pare rău. Nu e nicio problemă, răspunde și ea politicos. Mai are vreo importanță?

Nici în biserică nu o să-i primească sicriul, nici haine nu are voie să-i dea, s-a informat, totul e pe dos, nu există ceva ce ar putea să o mai surprindă de acum.

Sunt o mulțime de morți aici, unde ești tu?, se-ntreabă din prag. Saci negri stau întinși pe mese lungi, omul caută un număr, ăsta trebuie să fie. Trage fermoarul. Mai întâi îi vede fața, alb-vineție, gura întredeschisă, pieptul gol. Privirea i se întoarce din nou la chipul rigid și primul impuls e să-și apropie genele de obrajii ei. Să o gâdile. Face un pas, se apleacă, ce faceți, doamnă?!, nu aveți voie, tresare bărbatul speriat și o apucă de mână. Îmi pare rău. Ea e, nu? Da, e ea. Închide sacul. Chipul mamei rămâne lipit pe chipul ei.

Un corp gol învelit în plastic se descompune urât, își amintește că a auzit pe cineva vorbind mai demult. Mama se va descompune. Te naști și mori, corpul nici nu contează, nu contează, și drumul de întoarcere devine mult mai lung decât credea. Sau poate nici nu există ieșire de aici, îi trece prin cap.

Ești singură, Leia. Nici mamă, nici tată, ai rămas doar tu, și fulgii care continuă să cadă peste ordinea mare a lucrurilor, și peste ordinea ta mică, făcută bucăți.

Și-acum?, o întreabă Ioana. Are ochii roșii și-și tot agită mâinile pe lângă corp. Facem ce mai e de făcut.

Fiică-sa pornește prima și zăpada-i scârțâie sub picioare. Poți să ții mâna la mine în buzunar, dacă ți-e frig, e loc. Dar ea nu se oprește, poate că nici n-o aude. Câțiva metri mai târziu, se-ntoarce, o așteaptă și îi simte degetele cuibărindu-se în palmă.

Cuprins

Maria Orban

OAMENI MARI

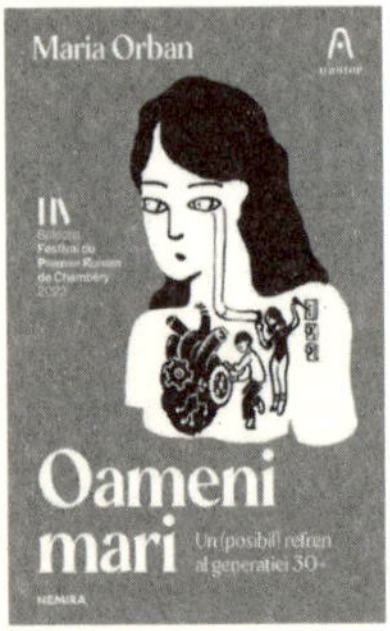

Un (posibil) refren al generației 30+

Brașov. Seară. O casă. O femeie în cadă. Moby în boxe. Calm. Un bărbat intră în cadru. Spune: *Nu mai pot.* Momentul zero rulează repetitiv în mintea Rucsandrei Radu, o profesoară de română de 36 de ani, moment care a șters cu buretele întregul viitor imaginat. În cele 24 de ore rămase până la semnarea actelor de divorț, naratoarea își analizează viața – traumele, alegerile, despărțirile și eșecurile neasumate – și se luptă cu angoasele personale și cu fantomele trecutului, cu ideile preconcepute și cu percepțiile sociale moștenite. Cum mergi mai departe când totul pare pierdut?

„Romanul Mariei Orban începe ca un film, în care se aude, de la început, un cântec: *Porcelain* (Moby) – deloc întîmplător ales. Pe fondul unui sound liniștitor, se vorbește acolo despre o despărțire între doi oameni care au fost cândva îndrăgostiți unul de altul și despre ce înseamnă ca, sub o aparentă serenitate, să-ți ieși, de fapt, din minți (I'm going out of my mind, spune Moby). În *Oameni mari,* suferința despărțirii nu e deloc patetică și violentă (ca-n romanele de altădată!), ci subtil cotropitoare, ca un anestezic. O carte despre redescoperirea lumii prin descoperirea vulnerabilității și a singurătății care, paradoxal, se pot răsturna într-o iluminatoare regăsire de sine. Nu doar un roman „de dragoste" (cum s-ar spune), ci un roman frumos despre particulara sensibilitate a generației milenialilor."

Simona Popescu

Doru Preda

MÂINE, CÂND NE-AM ÎNTÂLNIT

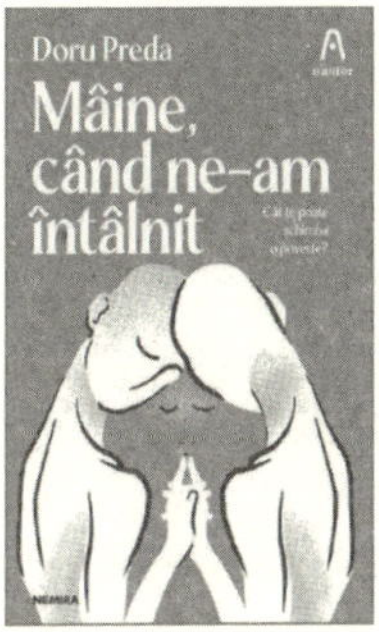

Cât te poate schimba o poveste?
Robert, mutat de puțin timp în Puglia cu părinții săi, primește un colet care-l intrigă: câteva caiete îngălbenite de vreme, scrise de David, fostul său profesor de Qigong de la București. Cum relația lor nu fusese atât de apropiată încât să fi păstrat legătura după cursuri, tânărul decide să nu citească însemnările care par personale, ci s-o caute pe fiica acestuia și să ia o decizie împreună. Călătoriile – din Italia în România și viceversa, din prezent în trecut și înapoi ș.a.m.d. –, întâlnirea cu Francesca, parcurgerea paginilor care relatează povestea atipică de dragoste dintre Isabelle și David și alte istorii incitante vor schimba perspectivele tuturor celor implicați asupra destinului și alegerilor care contează în viață.

„Dacă ați citit volumul de debut al lui Doru Preda, *Candido*, știți deja rafinamentul cu care adaugă un strop de mister în cele mai simple întâmplări.

În romanul de față primim indicii încă din titlu, apoi descoperim o carte în care timpul ne joacă feste. O carte care nu se agață de prezent, nu se ascunde în trecut, ci ne captivează cu treceri fluide și regresii temporale în alte vieți, trăite sau imaginate.

O căutare a identității și a dragostei, în care călătoriile în timp creează ancore pentru prezent."

Anca Vieru

Bogdan Munteanu

AI UITAT SĂ RÂZI

Copii care descoperă cum „merge" lumea, adolescenți care experimentează primele pulsiuni sexuale, tineri ori maturi surprinși în momente-cheie ale vieților lor și vârstnici care te primesc în intimitate. Stranietăți, farse, despărțiri, deziluzii, cumpene, stereotipii, neputințe, pseudo-reușite, rutine, tristeți, regrete, bravuri, violențe și mici aventuri. Povești care se leagă, care pun punctul pe i, care te țin constant într-un balans fin între râs și plâns, între tine și ceilalți.

„Bogdan Munteanu are o foarte bună ureche muzicală, ce înregistrează oralitatea cu specific dialectal și argotic, ochi cinematografic pentru naturalețea comportamentului și umor pe muchia dintre comedie și dramă. Ceea ce admir mai mult la acest prozator e că dezinvoltura, impresia de ușurință și plăcere cu care scrie camuflează o tehnică de virtuoz, îndelung exersată spre a provoca empatie. Nu e deloc ușor să dozezi perfect monologul, dialogul și stilul indirect liber, să găsești tăietura cea mai bună a finalurilor, să dai pe spațiu mic suflet unor personaje pe care cititorul să le vadă, să le audă, să le înțeleagă. Și mai e ceva specific lui Bogdan Munteanu: lumea prozelor lui e îmbrățișată cu o privire îmblânzită de tandrețe bărbătească (sau, mai curând, băiețească), niciodată sarcastică. De aceea volumul *Ai uitat să râzi* e atât de emoționant."

Adriana Bittel

Mihaela Buruiană

PE CINE IUBEȘTI MAI MULT?

La intersecția dintre generații și perspective, dintre anii '90 și prezentul actual, dintre primejdie și adăpost, blocuri și ulițe, frici și îndrăzneli, săli de clasă și terase, singurătate și comunitate, masculinitate și feminitate, Prinselea și agenda încărcată a unei zile, blândețe și cruzime, virtual și real, lumea așezată între coperte de Mihaela Buruiană se trăiește pur și simplu.

„Dincolo de apetitul narativ, de minuția observației, Mihaela Buruiană e o extraordinară creatoare de personaj, o colecționară de experiențe individuale remarcabil de vii, de intense, de ușor de digerat de către cititorul care se va recunoaște, fără îndoială, în replici, jumătăți de gest, de gând, de moduri de a metaboliza lumea. În cartea aceasta autenticitatea e firul roșu. E impresionant modul în care autoarea orchestrează călătorii între rutină și dezastru, între familiaritate și deziluzie, între vârste. Ritmul rapid, mixajul de replică acidă cu momente de melancolie niciodată edulcorată, lexicul care crește în ritm cu personajele, discursul care se schimbă în funcție de seismicitatea afectivă sunt numai câteva dintre atuurile unei scrieri care pornește din naivitatea fărâmițată de traumă, trece prin garsoniere, apartamente, birouri, rate, lâncezeli pe plajă, bucătării tapetate cu tăceri, ritualurile unor generații care comunică fracturat, haotic și, totuși, intens și acel ceva niciodată numit, dar atât de prezent, care mișcă lumea și transformă viața în literatură."

Ioana Bâldea Constantinescu

Florin Chirculescu

SOLOMONARUL

Două planuri, unul din secolul al XIX-lea, celălalt din prezentul secolului al XXI-lea, se împletesc în niște circumstanțe extra-ordinare. Emin și Max Murgescu, zis Macu, un soi de afacerist obsedat de Eminescu, se caută continuu prin timp și spațiu. Iar strașnica jurnalistă Louise e centrul de greutate în această tatonare fără sfârșit. *Coincidențele* răsar parcă de nicăieri, contextele istorice și socio-politice capătă profunzime, crizele și corupțiile se adâncesc, măștile cad încet-încet, iar solomonarul nu face decât să strângă menghina și mai puternic.

Solomonarul, noul roman al lui Florin Chirculescu, o carte-eveniment, pune reflectorul pe celălalt Eminescu, reușind să-l umanizeze așa cum niciun text nu a făcut-o până acum.

„În literatura română de azi, *Solomonarul* este un obiect fascinant. Roman istoric și roman al actualității, roman despre Eminescu și roman despre zonele de turbulență ale lumii contemporane, roman despre obsesiile naționale și roman gândit la o scară planetară, roman plin de idei și roman traversat de aventuri și conspirații, roman realist și roman fantastic, roman cu o arhitectură riguroasă și roman deschis explorărilor ca o cutie misterioasă, *Solomonarul* activează portaluri pe care literatura română nu le-a cunoscut până la Florin Chirculescu."

Mihai Iovănel

Liviu Ornea

VIAȚA CA O GLUMĂ PROASTĂ

Din timpul serviciului militar obligatoriu și până la retragerea voită din viața profesională și socială, călcăm pe urmele lui Paul, protagonistul romanului de față, urme lăsate atât în propria geografie interioară, cât și în cea a apropiaților – familie, prieteni, partenere – și a colaboratorilor. Tragem cu urechea la conversațiile sale sau ale celor din jurul lui, îl însoțim în călătorii, parcurgem jurnale și e-mailuri, îi scotocim în gânduri vreme de mai bine de treizeci de ani. O reconstrucție minuțioasă, în fond, a unei vieți care are toate premisele pentru succes, dar care îl ratează conștient și magistral.

„«Da, sunt un iremediabil rațional sentimental – sau invers, nu are nicio importanță», spune Paul, personajul central din *Viața ca o glumă proastă,* roman construit antitetic din livresc și oralitate frustă, tragedie și bășcălie, duritate și nostalgii, substanța științei și substanța artei. Închipuiți-vă un cântec al lui Jacques Brel care se transformă pe nesimțite într-un cântec al lui Georges Brassens și viceversa, iar cântecele sunt interpretate pe rând de fiecare personaj, într-un șir de dialoguri, monologuri, schimburi de mesaje, fragmente de jurnal, condensând peste treizeci de ani de soartă colectivă și individuală: așa sună romanul lui Liviu Ornea. Despre ratare, ar fi, poate, vorba, dar «ratare» e un cuvânt prea îngust, sau mai curând despre prăbușire, numai că e o prăbușire lucidă, autoironică. La urmă, nici nu știi cui să-i dai dreptate: lui Brel sau lui Brassens? Liviu Ornea e prea inteligent ca să impună verdicte."

Vlad Zografi

Horea Sibișteanu

ÎNTINDE MÂNA, TIBERIU

Cum îți recompui identitatea?

Întinde mâna, Tiberiu e o carte care se împarte permanent la doi: Tibi, cum îi spune familia, sau „grasu'", apelativul folosit de băieții din cartierul de provincie, și Tiberiu, cum și-ar dori să fie reținut copywriterul din capitală. Unul și același om, (sur)prins între copilărie și maturitate, între traume și împliniri, între relații și despărțiri, între 1990 și 2020, între personaje, între sexualități și așteptări, între frici, între nevoia de acceptare a propriilor identități și cea de afecțiune și validare, între moarte și viață. Între povești, la urma urmei. Care te așteaptă să ți le apropii.

„În acest excelent roman-puzzle, îl vei însoți pe Tiberiu în diferite etape ale maturizării sale, în care scene din copilărie, dintr-un oraș de provincie, se împletesc cu cele din Bucureștiul de astăzi al blocurilor interbelice, puburilor, angoaselor și relațiilor eșuate. Vei cunoaște personaje precum băieții de la bloc, nebuna care spală bani, escortele masculine, pocăitele, tanti Odette, care pare să trăiască într-o fotografie. La fiecare pagină, Horea Sibișteanu îți va da senzația că-ți dezvăluie o lume ascunsă, fascinantă, altfel inaccesibilă, în care candoarea se amestecă cu grotescul și cu absurdul."

Adina Popescu

GORAN MRAKIĆ

MICILE PLĂCERI ALE MORȚII

Micile plăceri ale morții, primul roman al lui Goran Mrakić, surprinde în ansamblul său spiritul, atmosfera și mentalitatea unui sfârșit de epocă dintr-un sat bănățean: Variaș. Prin nenumăratele povești acumulate în interiorul cărții, prin anecdotele, snoavele, poantele și istoriile personale ori cele din folclorul local, prin reflexivitate, diversitate, o doză de nostalgie și una de empatie, scriitorul aduce la viață o lume (aproape) dispărută.

Intrați în paginile ei și bucurați-vă de un veritabil microcosmos!

„Undeva în mijlocul pustei bănățene există un loc unde ai putea avea impresia că nu se întâmplă nimic, un spațiu la capătul geografiei și istoriei, uitat de Cel de Sus. Așa ar părea dacă acel loc nu ar fi ajuns în mintea unui scriitor care știe să-l vadă, să-l urmărească, să-l descoasă și, mai ales, să-l povestească. În memoria și povestea lui Goran Mrakić acel spațiu, acei oameni, acele istorii devin un soi de centru al lumii, care te țin cu sufletul la gură. O carte care te prinde mai ceva decât un serial Netflix de foarte bună calitate: odată începută, vrei să o devorezi total."

Vasile Ernu

CĂTĂLIN CEAUȘOGLU

ȘAPTE POVEȘTI CARE NU SE TERMINĂ BINE PENTRU TOATĂ LUMEA

O neașteptată îndrăgostire salvează un tânăr literat. O statistică îngrijorătoare schimbă istoria unei țări. O acuzație neobișnuită asupra surselor de inspirație ale unui cunoscut scriitor atrage o reacție radicală. Un abuz din copilărie are consecințe pentru un adolescent și câțiva pasageri. O misiune specială divizează un grup de credincioși. O previziune îl determină pe un bătrân să încerce ceva nou. O vacanță de vis în Grecia schimbă definitiv două cupluri.

„Cătălin Ceaușoglu este un scriitor cosmopolit. Cu o dexteritate stilistică de invidiat, discursul său poate fi oricând confundat cu cel al vreunui clasic. Tema acestui volum pare a fi deziluzionarea (în diferite forme) care duce la dispariția sau anularea ființei. Șapte proze, șapte registre și maniere diferite sondează cu expresivitate și concizie psihologia și afectele unor personaje memorabile. În ciuda tentei sumbre, a frământării, efectul este de desprindere și plutire ușoară. Dincolo de temă, le unește o doză de delicatețe și duioșie, abia sugerate, ce dau naștere unor mici insule de bucurie pe un fond de tristețe existențială tulburătoare.

Pe alocuri alegorică, poetică și stranie, alteori cu umor și colocvialitate, *Șapte povești*... sparge perdeaua de nori a deziluzionării și aruncă o rază de lumină peste natura umană, dezvăluind-o în toată fragilitatea, inconsecvența și frumusețea sa."

Cosmin Perța

Raluca Nagy

UN CAL ÎNTR-O MARE DE LEBEDE

Rosalyn are 24 de ani și este studentă la Londra. Cu un corp invadat de o boală ciudată, cu o poveste amoroasă complicată și o familie disfuncțională, la capătul puterilor, ea decide să plece cu o bursă de un an la Tokio, pentru a studia limba japoneză. Întâlnirea șocantă cu o cultură impresionantă va funcționa ca o oglindă necruțătoare, care o va ajuta să se desprindă de trecut și să se vindece.

„Dacă nu alegi să închizi ochii din primul moment, întâlnirea cu Celălalt este totdeauna o scurtătură spre Sine. Când cel care întâlnește este antropolog, tot acest parcurs spre Sine are toate șansele să fie unul mai laborios și elaborat, antrenând cu el culturi și istorii. Când antropologul este dublat de un scriitor, parcursul are în plus toate șansele de a fi unul autentic. Iar această «autenticitate» devine aproape palpabilă când cel care narează nu mai este au(c)torul, ci corpul său, când întâlnirea cu Celălalt este în-corporată și simți, chiar dacă nu-ți vine să crezi, că nu ai un corp, ci ești un corp – un egocorp, cum l-a botezat Robert Redeker. Raluca Nagy, care și-a început parcursul de antropoloagă narându-și experiențele întâlnirii cu Marocul, întrunește toate aceste calități. În ego-ficțiunea sa despre Japonia nu se întâmplă practic nimic: nu există intrigă, în sensul occidental, după cum ne avertizează autoarea încă de la început. Dar se petrece o întâlnire radicală a europeanului cu un Celălalt extrem, care îl face să simtă organic – la modul propriu – distanța culturală și provocarea umană. U*n cal într-o mare de lebede* este pur și simplu narațiunea polisenzorială și în același timp auto-reflexivă, etnografică și personală, perplexă și totodată firească până la limita intimității, a acestei experiențe."

Vintilă Mihăilescu